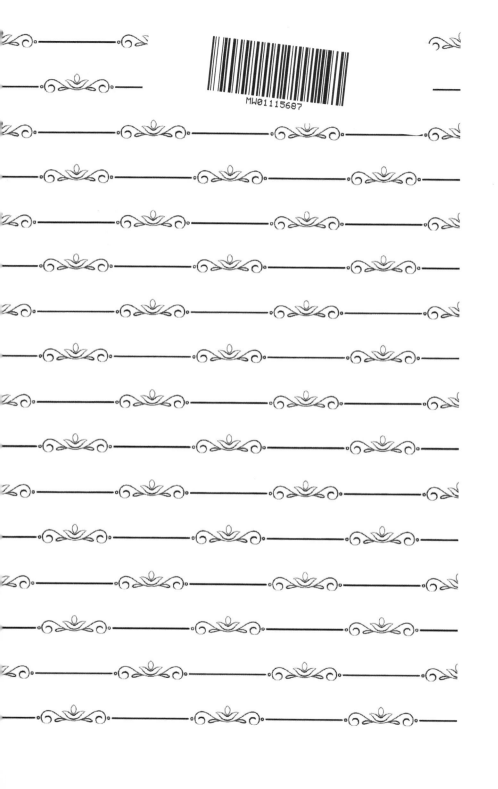

Gala de Poesía

PEDRO LÓPEZ ADORNO

Formas de decir
el milagro

Pro Latina Press

Formas de decir el milagro
Pedro López Adorno

Editora: Maria Amelia Martin
Diseño gráfico: Álvaro Dorigo
Imagen de portada: Floresta, oil on linen by Rafael Trelles © 2024.
Imagen del autor: Carmen Haydeé Romero

ISBN 979-8-218-43551-6

PEDRO LÓPEZ ADORNO

Formas de decir el milagro

A Carmen Haydeé, siempre.
A Pedro, Carlos y Javier— amados hijos.

Hacia el poema invisible

...de sus vestidas plumas
conservarán el desvanecimiento
los anales diáfanos del viento.

Góngora, *"Soledad Segunda"*

Humedad que estalla entre resquicios
de aire enmudecido
repentino gris de rocío que busca ser agua
o sombra
en tu respiración llena de imanes.

Cielo inaugurado
por las flechas
que surgen del ruido de tus ojos
y sólo son la distancia que tiembla
en las hojas.

Sólo tú
origen del sonido
desafías
la soledad de los cuadros y las calles
despiertas
hogueras o paraguas
mientras el viento se diluye en múltiples
orillas
recogiendo tu mano hecha de lluvia.

Erguido entre los rieles y la sombra
me despido
del mundo y los periódicos
con el disfraz perpetuo
que llevaré
mañana
y pensando tu boca entierro calles
que usurpan la historia de mis pasos
recorriendo tu claridad despiertan alas
en los árboles
que crecen
si tus senos o mis manos
alcanzan a mirar por las ventanas
hacia
otro siglo hecho de orillas
hacia otros silencios
que se llaman
raíces.

Con la certidumbre de hojas que buscan
otros
rostros en el viento
con la inquieta y fértil llovizna
que dormita
a través de tu mirada
reminiscencia de astros en vigilia
o rebeldía
vertiente que sube de tus senos
a tu nadir
descubrí
el caminar más ancho de la atmósfera
siglos
que se redimen si sonríes
tatuada en un silencio de ventanas sonoras
transformada en palabras
que despliegan
las voces de tu pelo
sobre la sombra de un mundo
aún
por descubrirse.

Porque eres el olvido
la lluvia se oculta y no habla con tus manos
tu voz se incrementa de paloma y destierro
recogiendo palabras
que martillean el origen de ciertas sombras.

Los pasos en la playa son cicatrices de distancias
historias convertidas en moluscos sonámbulos
olas que cesan de caer
en las orillas indivisiblemente amargas
donde tu sonrisa es un relámpago perdido.

Porque eres el olvido de esta luz
que roe las arenas
no quiero un ruido gris en las arrugas de la tarde
no recorro tus hojas
o la metáfora de quedarme en la vigilia
que despierta tu naufragio cada siempre en cada altura.

Como nombrar estrellas
que se fragmentan de lluvia o de palabras
y
repentinamente
siento que tu voz se tuerce en otro aire
en que buscaba alcanzar tu nunca-nombre
en que alcanzaba a nombrar lo inalcanzable

de tu nunca
porque tu forma era tan solo un nudo
                    irrealizable
un pretexto de piel sobre el susurro
de un mar agrietado.

Cuando las paredes empiezan a morir
una impresión de raíces
        cuelga de tu nombre
        una órbita imprecisa de fiebre
se esfuma por las puertas de la lluvia
y sólo es vida.

Éramos de vidrio mirándonos el mundo.

Constelaciones perdidas
descubren el sendero de tu pelo invisible
en los árboles de la noche que no crece
y existe
una cerrazón de ramajes
o esferas que debieron terminar simulándose
        rectángulos
en el equilibrio amarillo de esta tierra asfixiada
que lleva entre las manos
un destierro incurable

Éramos de vidrio mirándonos el mundo.

Ascender
fue
un túnel a otro cielo
decapitados paraísos
torbellino de besos inexistentes

cartas que el horizonte arqueaba
en el polvo siniestro
o la respiración apagada de los quebrantos
que germinan de sombra en sombra
cuando el sol es un lugar abandonado
o la escritura que el tiempo
no pudo publicar.

Éramos de vidrio mirándonos el mundo.

Después
del recorrido
se perdieron los puentes en la neblina del silencio
de las voces

sólo cuerpos enterrando sus vidrios
o la secreta hoguera
de los árboles que no pudieron sonreír
observando
cómo tus huellas se borraron

la brisa de mi abandonado perfil
incendió ruidos
declives en el fondo de los ojos
transparencias de la sombra
en nadie sabe
cuántos
fragmentos.

CRISTALIZANTE soledad
en la memoria
océano de vidrios
sospechando
rupturas
o
células siniestras que horadan las paredes
regresan   los gestos
cipreses que se miran en el polvo
opacidades que estallan
desde unas palabras
y
una vida se mira en un espacio
configurada
de murmullos amarillos.

Las glorias de su ruina

Tipo es, antes, modelo:
ejemplar pernicioso
que alas engendra a repetido vuelo,
del ánimo ambicioso
que —del mismo terror haciendo halago
que al valor lisonjea—
las glorias deletrea
entre los caracteres del estrago.

Sor Juana Inés de la Cruz, *Primero Sueño*

PRÓLOGO

Un murmullo   el mundo
empezó a nutrirse de sus alas en la claridad
se deshojaron horas
hubo un espacio   Láctea Vía de la memoria que
cobarde-
mente desleímos en paisaje
monte que al mirarse se aleja
la sequía en sus manos fue silencio
o formular otros puentes
para que el tiempo o la oquedad hablara

un izar de oscuridades brotó de la tierra   del murmullo
lluvia de escribir monosílabos lentos

en la concavidad de este rectángulo dormido

pronunció las palabras temiblemente sordas   ciegas
en cada sur   en cada este y oeste

de su tal vez sin territorio
apenas presencia   humillada piedra   entregados brazos
hacia el norte   hacia el aire indeleble   puro aire
en su noveno intento.

AQUEL ROSTRO QUE SE DILUYE AL CRUZAR

es la distancia de las hojas   cenizas
del viento ya eclipsado
su transparencia incorpórea
como una casa sin idioma
tomó del silencio la forma tal vez
memorizó cadenas en su olvido sin saberlo
mientras el viento obligaba a caer en lo vivido
el viento   rostro en sus residuos sigiloso.

HETEROGÉNEA HESPÉRIDA PALABRA

cuya sombra
memoriza que tu piel   delictivo mirar
costumbre de calle de máscaras   jura no ser los
sonidos que dejaste o dejó la lluvia sobre el césped
de los pasos   cuya vivencia
es silenciar árboles que   entre sospechas
son otoño   aire que camina contigo   tenue sílaba
despierta en el tiempo de la palabra que has borrado.

UNA INTOCADA MÚSICA VIAJA AL CENTRO DE TU PIEL

hermenéutica de contemplar la lluvia   lectura
de dos bocas frente a frente
ahora tropezar es sentirse intento   delinquir
entre equilibrios distantes   las bocas
se abren   cierran un monologar diamantino que hipnotiza
las nubes se quiebran   tus alas abriéndose en sus sílabas
cercanamente quieto tu cuerpo   su música
huye de esta página presenciando palabras en su sitio.

TUS PASOS SE PIERDEN EN LA INMOVILIDAD

son océanos
las hojas   abandono repentino en la tierra
no regresan despiertas en la brisa
cada brisa   marea de imposibles
oblicuamente traza un pasadizo
para que escriba la noche su microcópica verdad de arena
entonces tú
desdoblada intransparencia   como un templo

las consonancias diluyes y tu piel
quema su oscuridad
en lo alto
de un murmullo violento de lechuzas

como sol que a solas habla
para observar los pasos   que descienden
como las hojas
como la tinta
de tu invisible sombra sobre arena.

DESNUDO DÍA QUE AL LLEGAR ERA CAUSA

llanura de mordidas muecas
polvo águilas
destejidas células órbitas
de la muerte dormida relámpagos
cuyo artificioso despertar
acostumbró a la piel
al aguacero que en la sed milita
de los dormidos

pero tú dormida dolencia murmullo
azul y rojo
desvelaste la configuración molecular de las palabras
moléculas ADN de sonidos entre sílabas amanecer
que en el aire se multiplica

abruptamente de silencios

de nocturnas hélices
que no saben si morir si recobrar
lo posible de llanura en tus párpados

día llanura polvo murmullo palabras
distancia de subir a más distancia
distraídas ramas escritura al revés
estrellas

fueron momentos imprecisos tambaleándose
zonas negras del espacio que voló en tus ojos
domicilios de células nómadas
huellas de un océano extraviado que en tu vientre
fue hallazgo

ceniza de certezas

tacto en la militante piel de unos sonidos
que detenidos o presagios
viajan
de mirar el aire desnudo
de la música que anduvo por tu cuerpo
como aguacero que reconoce
su perdida memoria
entre calles dormidas.

LASCAS HUYEN PERO NO ES

la madera o la muerte tal dureza
de la noche   existe una mudez   las manos
ya no pesan
en su lenguaje
algo se borra o se suaviza
parecido a un precipicio de murmullos
que   al subir   verifican
lo que es sombra

otro modo de no perecedera música
bárbaros jeroglíficos de ciega certidumbre
donde el tacto es un destierro que vive
exhibiendo movimiento
la mudez del ojo que te encierra en una indeleble armonía

de porfías
para que fugitiva la adormecida sombra
una letra enmohecida   enmudecida   derramada
sea en el disimulado peregrinar de un cuerpo
que hacia la sonora respuesta de borrarse va elevándose.

ALGO DECISIVAMENTE MICROSCÓPICO

ese residuo verosímil
donde se refugian o renacen
los estambres de vidrio del silencio
amenaza tus flores   sucede un viento incoherente
movimiento envilecido de mar
que se deshoja si tus labios
tocan este otoño
el huir   montaña imprecisa   río

planeta gaseoso donde lo borrado es camino
sonido que oscurece mojándose en la ira
o prisión de tus purpúreos senos
y entre las alas de quedarse sin águilas
busca los anillos   brisa que   perspicaz
quiera ser sobre tus ojos caparazón

en que se oculta la vigilia de la mudez siempre hoja
vacío en que el vacío reconozca que es vacío
edad que estalle como vaso bien guardado.

DISMINUYEN OCULTAS LAS SUSTANCIAS   LA PIEL

roza   inadvertida   una verosímil incógnita que ama
el tiempo mordisquea las inobservancias del subsuelo
las aves confunden su plumaje mortífero
con atardeceres que regresar no descifraron
entre anochecer y amanecer
lo que se ha convertido en desmesura
momentáneamente se detiene   área
desplazada por el mirar que determina cuanto somos

las zonas de naufragio
silabario de clausurados ruidos
desembocan en hombros dormidos   casi estrellas
los sonidos paulatinamente van anclándose
no sabemos dónde   cuándo   por qué

peregrinan   eclipsan claridades de cenizas
en los huecos del aire
como enormes colibríes invisibles tragándolo todo
al cruzar silencios sin saberlo.

AHORA EL VACÍO   DETENERSE

deshabitado parpadeo que transcurre   verticalidad
de lo que fue poema
se desnuda   se anuda
a la lentitud de un sin embargo
como un aire desigual
prolíferas la fuga
la indeterminación del lector en su vacío
cenizas en la brisa que se eleva.

Los oficios

"No es pasiva mi luz,
a pesar de temibles creencias que me invitan
a simular un arrastre de muertos
en el alba..."

Francisco Matos Paoli

"Estos trabajos tan mortificantes,
y nunca nada bien por más empeño,
malgastando los días de la vida
en vela y aún en sueño atesorado,
por relatar en elegante verso
inalcanzable amor, y no poder..."

Carlos Germán Belli

Donde una bromelia inicia al que la escribe

Las aguas anuncian en su amanecer
el laberinto

tu mano
tal vez el viaje a la mía
cae en tu vientre a contemplarme

sin saber que en este armado acuario
ahogo las sublevaciones del bosque.

De cómo el escribiente se desvela

Memoria
esta equidistancia de las dalias

los nudos de las lenguas dos bromelias
                              dos pitirres
a pesar de la escarchada tentación
de una ciudad siempre susurro

saturnina abril las azaleas
                    tus manos
                    mi pluma
desvelan el sentido del jardín
ramas (dirían algunos)

de aquella sangre de hace rato
picotazo de nuestras hambres fúlgidas

casi es mayo o en agresiva calma
la lluvia atardece
sobre anónimos techos

llevamos un desmayo célebre en los picos
una sobrecarga de mordiscos en las alas

desde la desnudez de los árboles dormidos
acaso tiemble el aire si se entera.

Donde la respiración de los amantes entra por el ojo de una aguja y se separa

El aire
            un lunes de la piel de abril
como tejer en alguna superficie incognoscible
del silencio
que amar es algo ahusado
            que afánase en la pesquisa
              del idioma sagaz
              cual madeja pluriforme
deletreando pasos sobre la tela en blanco de las calles
devanando memorias
descifrando el llamado de las incertidumbres
que grandes saltos de aguja ejecutan
en el profundo ovillo de la piel
            hilada a otra piel con
            la respiración de desencuentros.

Donde el escribiente se desvela traduciendo un "assai"

Existe una tortuga
en lo leve del tacto ya observado

contempla a su otra espalda repetida
en esa red de soledad llamada arena

innombradas maderas sus recintos
multitud de luz su apenas cifra

apenas punto abierto por el agua
hacia un vuelo de hojas de maguey
y un carpintero pájaro estrellado

percibe marullos en su espejo
y su claridad de golpe en lo profundo
se deshila

sólo indescifradas sílabas sus roces
evaporaciones lentas sus palabras
insospechados círculos su sangre

escudriña el sólido acuario de los cuerpos
el mar en la vigilia de sus muslos
gaviotas tambaleándose el aire

desde su desnudez múltiple
una tortuga a solas con su espalda

relámpagos de otro hundimiento innombrado
que se aproxima a horadar silencios.

Donde el escribiente aleja la muerte
con un poco de humo

A José Lezama Lima

La muerte nada con las dos
manos
amarradas
a una respiración
que cabe entera en lo raspado con la uña

      me acerco
      parecido a una invisible piedra que tropieza
      buscando separar las manos de la noche
      esa muerte
      de ojos de langosta
      que burla la prisión hirviente en que enrojece

también la sombra
hormigueo insólito
sube por las silentes cifras de humo
en que me alejo
          como un pequeño vacío en la pared.

Donde el Buddha Sakyamuni intenta despertar
al que lo escribe

Cercena las garras de ese sueño
quema la somnífera garúa
                    de esos párpados

encadena al oso hibernante
                    tras la sábana
                    borra
                    (si quieres)
                      la arrugada tinta de esta voz

con sílabas abre la tela de silencio
que Nictimene oculta

cual inmóvil relámpago
que acecha
                    sus formas dormidas.

Revisión de Sor Juana

Anoche el poema
era una
máquina silente
colonizando párpados posibles
en su huida
ahora piramidal u obelisco
escalar pretendiendo las palabras
desenmascara la esclavitud de
lo que sigue
mas del pie guarda el cálculo
pequeño
su bien regulado
movimiento

juega
el obligatorio ajedrez de
perseguir
las
sí-
la-
bas
que con indeletreadas voces
impugnan la información
de una página en blanco que abandona su blancura.

San Juan de la Cruz explicándole al escribiente
su sistema

El diccionario incandescente que en una noche oscura
salió sin ser notado
recopilaba mi no saber
        leíame
        en la otra oscuridad
en la blancura de un gemido de cuerpos como rosas
        la desnudez del ciervo
        que vulnerado vive
        en el erguido cuello deseado
cómplice de un olvido de azucenas.

Ejemplo de los riesgos del paraíso

¿Huyes del himno cuando es vidrio
      esa insuficiencia de posibles
      que quisieran ser
voces de hoja seca
      en la sombra

      silencios
que en las muertes del mar
enjaulan ruiseñores de ceniza
      o son las palabras ajenas las culpables
aquellas que descienden por tus grietas
como un aire que muerde
      si despiertas sus huellas innombradas?

País llamado cuerpo

O labbri muti, aridi dal lungo
viaggio per il sentiero fatto d'aria
che vi sostenne, o membra che distinguo
a stento dalla mie, o diti che smorzano
la sete dei morenti e i vivi infocano,
o intento che hai creato fuor della tua misura
le sfere del quadrante e che ti espandi
in tempo d'uomo, in spazio d'uomo, in furie
di dèmoni incarnati, in fronti d'angiole
precipitate a volo... Se la forza
che guida il disco di già inciso fosse
un'altra, certo il tuo destino al mio
congiunto mostrerebbe un solco solo.

Eugenio Montale, *La bufera e altro*

2

Si imagináramos al mundo. La inmensa ruina circular. La desigual matemática de vientos alisios y quebradas. La vida como lectura e incompletez. Amanecer de grabados equívocos. La vida esa odiada nata que cuando niños rechazábamos. La esperanzada nata al son de los requintos del silencio.

Tazas absurdamente sumisas somos. Imagen de una pareja de langostas dentro de la olla de los enrojecidos domingos de la espera. Implacable círculo impreciso como anzuelar sospechas sin atardecer.

Llevémonos lentamente a los labios. Reformulemos los síntomas de la sospecha, los párpados de quien nos escribe.

10

Soy tu más imprescindible enemigo(a). Un personaje de Baroja frente a mí. La espera, nuestra forma de cruzar este país o nuestros vientres. Estamos en una de las jaulas de las ocho de la mañana. Jugamos a desconocernos. Cada vez nuestro instinto es más torpe. Terminamos refugiándonos en los pisoteados periódicos. Son canes rabiosos. Nos cruzamos de brazos pero la armadura es transparente. Insecable venganza ver la foto del "líder" en el suelo. La aplasta una bota indiferente recién salida de la nieve. Estamos en el vagón 7714. Nadie se conoce pero hace siglos te conozco. Te sueño. Te adivino. Debe ser mi locura de aprendiz. Te percibo llovizna mas miente la palma de mi mano. Los rostros que nos rodean son un prodigioso suicidio. Le sacamos la lengua a la absurda ceremonia.

Tu corazón: guarida de la pantera que odias y que amas. Me odias y me amas. Soy tu más imprescindible enemigo(a).

13

Sólo el verano cotejaba el veredicto. Eramos ilusorios disfraces de humedad. Dementes pobladores de brillos. El viento marino retorcíase como la piel de los murciélagos. Los árboles estrellándose terminaban contra el hipócrita vidrio. Perfumados caníbales éramos. Mordeduras nuestras uñas.

Érase una gruta acercarse a la boca, mitad sol, mitad guayaba, sin besarla. Abrazarse era morir y hablar. Anillo de insuficiencias. Lo sabes pero callas. Tu silencio, esta marea. Desarmada(o) de hablarle a la habitación donde encendías tu generoso olfato de pantera, dejo límbicas las horas en que continuaste siendo mío(a). Abandono la búsqueda.

El cielo una cimabuesca pared. Agua de su íntima incógnita.

22

El ascensor y me abruma el deseo de leer tu cuerpo. Leer sólo las páginas que te hayan arrancado. Las páginas de tus involuntarios movimientos. Es agotador. La lectura es cerrada, desigual, sin nombres propios.

Amo cuanto tu piel oculta o articula. Aunque seas un humo violeta y violento. Aunque las palabras abran mis párpados antiguos y logre tocar el vacío.Tu cintura "La ecuyére" de Chagall. La indeterminación matemática de tu rostro junto al mío: una naturaleza muerta. No sabemos si dejarnos entrar o permitirnos salir.

Afuera las ardillas, el invierno, la indecisión de nuestras ramas.

27

Entrar en tu boca es la consigna. En tu sombra. Historia de nacer despacio. Ensartamos trabalenguas. Sílabas como brazos. Palabras del suave roce triangular de tus pies en mi espalda. Entonación de alientos cercenados. Frases que deciden entrar a la picardía de tus senos como si detuviéramos el auto frente al mar y, en el mismo movimiento, intercambiáramos la inevitable llovizna. Tu musculatura larga como un hueso. Amarrando las lenguas para no hablar, para no poder hablar, para jamás volver a hablar.

Entras a mi boca endurecido por la mano que te guía. Humedecidas paredes se entregan al diluvio del sudor. Como si el tacto se convirtiera en gota oscilante nos movemos con infinita fluidez hacia la soberanía. Como si tocáramos el mar con la punta del pie en repentino *concerto grosso* de pleneros.

Comienzo en la soleada venganza de tu pie. Me familiarizo con su sangre. Tus ojos y los míos se escuchan, palpan, lamen. Unos besos deslenguados, una palabra inicial, un pantérico desgarrón sobre la nuca. Vaticinios los albores lentísimos. Lentísimas las mordeduras. Leve mi lengua sobre tus pezones, hacia tu ombligo, entre tus glúteos. Minera en las sombras. Polínica la sangre, monosilábica la alquimia. Mi lengua diabólica y sagrada. Huésped mi lengua en tu torre. Los últimos movimientos de *Pelleas y Melisanda*. Media botella de Chablis Blanc. Tonalidades del *Triplum* del Magister Perotinus Magnus. Intentando borrarte inútilmente. Las mañanas como duchas silentes. Bullicio del agua y la ciudad. Oscilación centrípeta de salsear. Girar. Sentir que los bárbaros no existen.

Estamos en el mismísimo centro. Sentados el uno en el otro. Moviéndonos como ramas que ignoran sus defensas. En la dificultad del delirio te recojo. Me recoges. Te alzo. Me alzas. Te dejo hurgar en mí. Me dejas hurgar en ti. Luna llena de finales de julio esta fortaleza de cuadros y ventanas que clausuran. Besamos el cuello, el fondo del pecho, las uñas, la curva de los hombros, el ombligo y su oleaje. Caballitos de mar la ondulación de las espaldas. Tiburónico el acecho de lo hundido. De la tierra alejándonos. Figuras en su celda marina mientras tus labios caen. En mi cabeza el entierro de tus dientes pide altura como si camináramos sobre un Verrazzano o un Martín Peña de cristal. Temerosos al próximo ruido de los muslos, regresamos en puntillas.Venga una sonrisa para el adiós. Sustituir en ese gesto una nueva posibilidad. Que tu mano y la mía se parezcan al aire de la plaza de Dorado. Que nadie pueda escuchar cómo te asomas a mi sangre. Déjales tus lejanías. Aquella bahía a las 10:15. El verano café prieto después del aguacero. El río madrugado colándose por la desollada sábana.

Buzos en las submarinas ruinas del amor.

29

El brillo inmóvil de las manos prestidigita las alcapurrias de jueyes del kiosko 38 en Luquillo, los mangoes de la carreterra 115 de Rincón, la enrojecida respiración de Caguas, Guavate más alto, Corozal en su río, el múcaro jayuyano, la devorada lectura del Viejo San Juan, Arecibo y su mar de automóviles.

Repito. El inmóvil brillo de las manos es una pesadilla goyesca, una almohada absurda revoloteando por la alcoba. Inquisitoria ave de rapiña que me chupa la luz, los segundos de tus talones mayestáticos, los glúteos incendiados.

Tendría toda la razón si te borrara.

32

Tu espalda como un ladrido enorme. Tu frente como un hambriento bostezo. Cubiertos de cuello a tobillos por una manta de lino antiguo. Enjaulados en la engañosa quietud del himno silábico ambrosino. Arañados por la evanescencia del melismático aleluya. Blindados como leones o enigmas.

Un pájaro picotea las palabras que salen. Los grandes árboles se queman. Me entregan tu urgencia y tus hojas.

Porfiarle quieres a la muerte tu ubicación entre los suyos. Le ruegas al amor soberanía.

35

Dodecafónico invento atonal somos. La intensidad de una risotada. Si no nos vemos soñamos con fuegos sordos e incoloros. Confundimos la velocidad de las palabras. Galopamos sin rumbo por la sabana de las sábanas. Las llamaradas de nuestra nieve superficien. Toman formas de nubes y de peces.

Volvemos a la trampa de siempre. Luzco mi impaciente espada en este encuentro. Tú lees a Petrarca y a Rimbaud como si fueran manuales de sexología. Le tememos a la muerte. Desconfiamos de las puertas. Cada una como las paredes interiores del Campo Santo de Pisa. A pesar de ello continuamos. Evanescencia llamada escribir. Paulatino avance. Quemadura central entre el pulgar y el índice.

Con el disfraz de una música interna salimos a la calle. Aguzando los presentimientos oímos los gritos de la nieve. Temibles remolinos de viento nos hacen recorrer interminables circuitos ciegos, puentes que se derrumban al pensarlos, autopistas de humo, carruajes sonámbulos que se inventan un parque, trenes disipados ante el más leve ruido, árboles con troncos y hojas de cristal que ante un rugido nuestro estallarían.

Pertenecemos a una guarida de cicatrices donde ángeles laberínticos copulan al son de un injerto de Quintón con Rubén Blades. Nadie sabe qué ondulación experimentamos esta noche. Estamos solos preparando un baño de helecho y cundiamor.

La escritura nos ha llenado de miel los aullidos.

42

Habrá tiempo para detener el tiempo. Que se marchen las palabras. No hacen falta. Mentira de pezuñas y mandíbulas. Roído el hígado por buitres que se esfuman en la tarde a sus casas de verano. Nosotros el ahistórico hoyo en que nos arrojan cada día.

La historia de rehacer nuestra historia sin acudir al argumento ontológico de san Anselmo. Argumento falaz. Tu existencia no pertenece a la definición de ningún ser. Argumento reducido al absurdo. Si navego en tu *esencia pensada* solo podré desembocar en tu *existencia pensada*.

Si lograra hablar de lo que naturalmente me agrada. Si me ayudaras vencería esta incertidumbre de huesos como látigos de hierro derretidos.

Si pudiera unirme a tus hilos de indestructible fuerza silente. Nuestro libre albedrío sería la única verdad.

50

Sumergidos. Parpadean los vientres. Despiertan. Esta es la trigésima tercera batalla. Anoche estuvo aquí su desnudez. Cuando cerramos la puerta la matusalénica impaciencia de rozarnos los hombros nos impulsó semejantes a teledirigidos proyectiles. Le dimos un shock al silencio. Nuestra respiración mordiéndonos los tímpanos. Confesé: "Cuando los besos conservan un olor a adolescencia hay amor." La soledad haciéndose legible para que yo pudiera ser hoz en tu tierra: medievales colinas, terremotos de luz en cada embalse sigiloso y ya arqueado, azucenados huracanes de aromas, valles que sólo la huella de mis sílabas desperdigadas por el aire de los siglos conocía en su más antiguo fondo, el impulsivo y nervioso océano que preside los movimientos de tu lengua al presentirme, la mandálica loma en desafío, el vaivén de tus muslos como frondoso injerto de coco, mamey, corazón, mango, jobo y tamarindo, la fauna de tus enmucaradas mordeduras por mi espalda.

Nos percatamos de la sísifa restauración. Transparentes y sacrílegos.

———— 1996 ————

Concierto para desobedientes

De músico instrumento yo, libro, soy pariente;
si tocas bien o mal te diré ciertamente;
en lo que te interese, con sosiego detente
y si sabes pulsarme, me tendrás en la mente.

Arcipreste de Hita, *Libro de Buen Amor*

Parábola de la desobediencia

En las alturas la temeridad
la tierra de la traidora inocencia

escribir
pareciéndonos a la desconfianza de los gallos
cuando superficia en el mar
lo que siempre olvidándonos lamemos

aún así no aparecen ni dóciles ni atentas
las palabras

dejándolas ir se te duermen
en las manos como remos invisibles

entonces las olas de las horas y sus fuentes
los callejeros perros en sus márgenes
los animados muertos por la tinta

desenjaulan efímeras hojas y unas sílabas cruzan
empedernido idioma y aurora cuando un más allá eres
nacimiento mortífero y punto.

Expiación continua

Contrahechas palabras
 desde el aire inauguran
ráfaga en los párpados

átomos cuando el cielo
invisiblemente azucena entre nosotros
nadie   las toca
desencuentros magnéticos
 nadie se atreve a observarlas frente a frente
treguas de una guerra de luz entre electrones
contradicen lo que dijo el mar
cuando estuvo ayer tarde
polimerizando peces
como la relatividad a Einstein
 los manzanos a Newton
(o todo al revés)
 aquí mismo entre nos
ingrávidos todos   por palabras.

Parábola de la manzana

El zumbido de tu efímero pomo
de tu abultado pomo
de tu pomo agresor
cuca al animal paciente y afilado que sueña en el pomar
carnoso su soñar pomáceo
salta hacia ti (incurable niña arisca con flores)
 creyéndote pomífera dama roja
entre sus dientes de pantera.

Anotaciones de un mirón en invierno

Entre hojas
 frente al mar blanco
sombras sus alas
para que el olvido no pudra
su empedernido oleaje
no sabes si grabar o escribir "te quiero mucho"

hace mil temporales su sur y el tuyo
viven cual ogros
en un bosque de cedros
 adornado de leones osos panteras
pitirres tiernamente amaestrados para la muerte
 en este ayer de muchos siglos el blanco mar

es abandono
 y ya marea

para que el silencio
no pudra tus empedernidos peces
entre hojas que son sombras que son alas

se lo transcribes
nueva-
  mente.

Segundo intento de un mirón

Hay una mujer a solas
desayuna silencios
a nadie mira
la escudriñas fugaz en lo esfumado
vino blanco la acompaña tres pulseras un reloj oro
blanco
de repente la quieres mucho
"te quiero mucho" le dicen los ojos que no ve
"virar la cabeza ni pensarlo" a nadie mira
"mejor el laberinto rozar en sus pezones esta
ciencia impaciente" "sorber al desconocido
entre las manos llenándolo de miel

como a este café de rigor"

 el brillo del pan sin mantequilla un cinturón
de castidad.

Tercera pesquisa de un mirón

Con el primer palimpsesto de estas sílabas
has desgarrado
la obediencia de no verla

al borde del confín de este suicidio de caminos
más profundos que el mar
vuelves a transcribir
"te quiero mucho"

para no caer en olvido
 observas por su inaugural idioma
la maroma de las uñas
las hojas que vuelan a su abismo
motivo para decir *"perdón ¿podría
decirte algo?*

*me tendrás que perdonar
cómo laberinto desencuentros"*

tu profesión contemplativa
te lo impide
sólo palimpsestas
*"para que no me olvides
tu alma y la mía
en la copa del cedro más alto"*

de dintel machambos
 en la base osos
      leones
      panteras

tierno y amaestrado azar su boca tuya
medusos los silencios de su lengua en tu lengua

     "nadie atrévase a cerrarnos
     los caminos"

te dicen sus ojos
cerrados para observarte mejor

nueva-
mente por su inaugural idioma
 oye respirar cómo escudriñas
ese "te quiero mucho" desde los gacelísimos asaltos de las hierbas
y las desobedientes copas de los árboles
calculando la distancia de dos picos en guerra
entregados al mar blanco
cual llamas de amor vivas
consumidas   fugaces   casi ciertas.

Cuarto movimiento de un mirón

Su resplandor y el tuyo
se sientan

en la neblina apalabrada
frente al mar blanco
de los muchos siglos de esta urgencia
encarnecidos fósiles de truenos que en el lecho
dejaban caer ruidos
      como luces
para que un celoso cielo breve
no pensara usurparles las uñas y los "te quiero mucho"
      de aquel impaciente cinturón de castidad

tú en tu llave caníbal
ella en su única túnica
rugidos en el zarpazo de los vínculos
leales como las llamas del bosque y de la muerte
que avanzan por las ciencias del mirar

rehallazgo de ramas   sílabas   lluvias
desollando tigres alondras tórtolas panteras
desde el excelso silencio en que se esfuman.

Descenso de los desobedientes

Su cabellera panteramente
viento locuaz
  en la premura del camino

ciego y tartamudo el idioma
de su presencia en la tuya
si le negara a los gallos
gacelas tórtolas y tigres
conmemorar los desiertos
  el hambre de ayer tarde

perdiéndose el uno en el otro
como lluvia en Kalahari

culebreando las bocas
dedicados los dientes
  a la montañosa entrega como un jobo

las manos laberintando su respiración
sus líneas
              de indócil muerte

ahora frente a frente los múcaros
  los guayacanes   los ausubos
                  arden

y ustedes sublevan las aguas
quiebran las panaceas
                    espantan las cenizas.

Variación en torno a una receta

En algún momento la versificada
 ira
se detiene convertida en pergamino
pero los amantes a la deriva exigen cilantrillo estragón ají caballero
entre sus dedos los tenedores pusilánimes
de repente se yerguen
le meten el diente a unas palabras
encebollados los ajos
temerariamente salivoso el clima de las voces
 arriesgando una pizca literaria de azafrán para que el humo
 no les usurpe la adobada elegancia y las burbujas
o ese caldo

astutamente oculto entre el cielo de los pezones
y el hierro colado de las tapas
esperando su primicia olfativa
junto a un silabeado apéritif

cuando les llegue el plato fuerte
 el néctar de sus últimas pesquisas
y del manjar de letras los deseos
merezcan la atención de un comino
al final de un mamotreto prepotente
notarán (si acaso
no se engullen las pupilas)
que dentro de las ollas se habrá la ira vuelto
una presa invisible.

Perversidad inaugural

Dado que el verbo es ver
la curva de los dedos se desnuda
mordiendo cuanto está a su alcance
el rubor de los mariscos   las uvas entibiadas en los vientres
el mundo y su armadura   la pasión de los peces
                                        disipándose

observa los sueños   tu sueño   su sueño
la acompaña esa serena cuerda náufraga
que te hace prisionero
precisamente a ti
                    y a tu engaño en las aguas.

Espíritu en las aguas

Martesino atardecer
tal vez junio por las bolsitas de mangos que le llaman
 desde la carretera militar

el río
un teatro de alas persiguiéndose
una cicatriz de oro que se aleja

allí un ser
ingrávidos sus acordes y compases
impulsado por un no sé qué que Da Vinci estudiaría si viviera dece-
lera su Coupe de Ville '77

escribir quisiera cielos
el río se disfraza esmeralda-anaranjado

 no le hablan ni Barranca ni Santana
 Islote y Garrochales de saúco

escribir quisiera soles
 el río le niega el cuello de una diosa
la dicha de echarse al oído a Ballajá   Vigía
Ánimas   Biafra   Factor
 desconócese apolíneo o payaso

escribir quisiera estrellas
 el río empedernido en su sigilo
sordomuda Esperanza entre sus cómputos
Candelaria sin los incendios de febrero
Coll y Toste como un náufrago que no llega al mar
 Calichoza absorta en su aguacero

le echa la culpa a la luz
vociferan Barrio Obrero y los espíritus

que en las redes del pescador de la mañana
 cayeron
  pero son sus manos el conjuro

arden
a toda carrera por Carreras
entre Dominguito y Los Caños
escurridizas   imperfectas
hasta que aparezca quien lo amó
de entre billones de cetíes
frente al Faro de Arecibo.

Parábola de la guayaba

El elemental deseo de esos cuellos
inaugura entre los labios una fruta

oloroso asombro
 esa furia devorada en la corteza
ese cultivo de conjuros

parece que la impaciencia del amor
 les estalla en las manos
o es la bien guardada copa que hoy cree
que este suelo es su cielo
mientras los cuellos doblemente abiertos por las sílabas
conviértense en esos diestros aprendices

que encierros y entierros desafían
mordiendo el censurado néctar
de momentáneas transparencias
aguijoneando muellemente las semillas.

Entre múcaros

 En alguna sombra
muerden las vigilias
los huracanes anhelados

su confín
llega a la altura de nunca y de nadie
alas de la fuga en que relumbran sus vidas
insobornables los ojos
oscuras las gargantas

poco le temen
a las disidencias de un "te quiero"
a la brevedad de la sávila y la salvia
a Jayuya lamida por la lluvia.

Tablero del amor

Continuábase jugando la partida
sobre un tálamo
 (diríase lecho cama tal vez catre en horas usurpadas)
que en su entra-y-sale ardía
desconocido y tímido en la sombra

los cuerpos esquilmando
las estrategias   los avances

lo detenido de repente "el gran cuadro"
donde las almas calculan su futuro
cada cual héroe en la batalla

a la intemperie la formación de la defensa

los jaques del revés que ambos temen

la muerte otra variante
hacia el lento juego de las manos

asesino el aire en su silencio de alfiles
vigilantes de la concentración a corto plazo
dama por caballo o viceversa
sacrificio de peón en la premura de las piezas
que ante los ojos memoriosos fingen gámbito

sin maniobras defensivas la dama
bailarina en su centro
atrapada Ariadna entre dos torres como muslos abiertos

delicada situación de la dama
acaso el rey se yergue con los pertrechos de su torre

hermosa victoria en un rincón
si no fuera catre   mesa   hogar   mundo
la vida reducida a dos peones
moviéndose entre fuerzas enemigas.

Flotando en Aguada

"¿Sigue viuda la patria?"
ni pájaros bobos ni espesuras responden
un alarido de San Pedritos
al mediodía se asoma
mientras tú como gallina de palo que en lo alto
del aire inmoviliza su cordura
flotas el Atlántico

te acompañan abejas lagartos
un deseo desahogándose entre flores
como Diótima
cuyo perfil forma parte de las ramas
céfiro sin ser noche

lánguidos júbilos de un brillo sin ser día

sus gemelas islas susurrantes son tu audiencia
hurgas en el bosque el baile de esa carne quemándose
"¿sigue viuda la patria? ¿la hormigueante
indecisión de ser suicida le devora la voz? ¿le degüella sumisa
el escudo?"
ni pájaros bobos ni espesuras responden
Diótima y un alarido de San Pedritos
inventan atajos para llegar al mar
 muerden las violencias del agua y del amor
su destino es llegar a esa isla de abismos
en que flotas.

Desobediencia de las plantas

La mejorana
mejorar no quiere
los acertijos de la lluvia
lo incumplido
sobre la montañosa
decapitación que Uds son

la salvia (si quisiera)
podría más que la atrincherada
voz de los murciélagos en las Cuevas de Camuy

la doradilla (si quisiera)
bajaría el hormigueo de los cuerpos que en la espinosa
virtud de jobos y guanábanas

clavan sus dientes y suicidios intentando ignorar

la pulpa de sus íntimas inercias

el maguey
(si quisiera)
 desinflamaría
asimilismos   plebiscitos   olvidos
hojitas de llantén que Uds. son
si se permiten creer
que una simple infusión de damiana
serviría de antibiótico
a esta centenaria apoplejía.

viajes del cautivo

*Cuán cómodos viven los demás entre poemas
tibios y permanecen, satisfechos, entre limitados
similes. En la complicidad. Sólo tú eres cambiante
como la luna. Y desde abajo alumbra y oscurece
el paisaje nocturno, el sagrado, aterrorizado
paisaje, que sientes al partir.*

Rainer Maria Rilke, *"A Holderlein"*

Orfandad

Sobre las fogatas de febrero
Santa Clara. El cielo un collar
de tijerillas. *Tabula rasa* isla
en que vivían.

Una madre muerta de una ducha
a destiempo. Un padre
vendedor de automóviles en la primera
infancia del Estado Libre
Asociado. Alguna vez
ola sedienta en los colapsos
del mar. Empedernido pescador
de marlin. Labiosa culebra
por las lomas y llanuras, quebradas
y quebrantos de su amada.

De eso hace unos años.

Hoy nadie
escucha los desvelos. Aquella
alcoba. Las nupcias que duraron un año
y un día. El idiomado fruto.

Repatriación y caos. Ocurrencias
del enclenque sinfín sin
rumbo de un cautivo.

Intemperie

A Julia Adorno Román, in memoriam

El nombre de la muerta merece un escarmiento, un nimbo
de sílabas. Una particular
hagiografía.

Se ha escapado. Retoña
por la Cordillera ya su sombra. La altura
doblegada por la crepitación. Las centrífugas
pausas. Luz menos
luz. Este destiempo en que rezamos, "Padre
nuestro que estás…" y en el Cielo
un escuadrón de pesadillas
establece su reino. Un *New World
Order* del absurdo.

Se desmembra así la dicha de tenerla
a nuestro alcance. Incertidumbre
que escribimos.

Escribir sólo
el rehallazgo, el fruto
altivo, la visión de su pueblo
en su piel al mediodía. Y tantos muertos.

Imprecisas noches en su claridad. Tantas
migraciones. Estrecheces. Paradojas del polvo
sobre la isla que pudo ser.

Avanza ahora su socrática
aureola. La libertad
de romper el puro aire
que la ha visto morir. Arrancándonos
la uña de la carne. Los dedos
ante la ascensión. Tinta
para suplantar lo que nos quede de mudez.

Descolonizados los aullidos.

Panorámica

La mujer que acaso uno ve, o nunca
ve al pasar veloz por el Puente
de Arecibo, es especie en peligro
de extinción. Como el cangrejo
en la noche o la carcajada profunda
de los múcaros.

La mujer que nadie ve o siempreacasonunca
aura de aire del venido
a menos. Alguna vez flor y nata
del carnaval de picas y porfías, del San
Felipe dientes y nalgas patronales,
pradera de pomífera elegancia, recién
salida del río grande de su carne
de flor, alabada olvidándose
de todo y de sí.

Insignificante cabeza de cetí en este momento
crítico de nuestra historia
como pueblo. Destinada a ser carne
al pincho, empanadilla, MacBurguesa
y, al fin y al cabo, pelota
de béisbol perdida en las luces del Luis
Rodríguez Olmo.

¡Tremendísimo batazo del olvido!

Una entre las diez mil
manos del abismo,
¿logrará rescatarla? ¡Qué importa

la pelota en las gradas del jardín
central o si llega a la Central
Cambalache su corazón muñocista, a los mangles
del '49 durante una eternidad albizuista?

Aterrizara ahora en las gradas más enmarañadas
e invisibles. Puro asombro
y memoria. Dueña de sí. Vitoreada.

Consciente de su kilométrico ascenso
entre los parias.

Sabría uno lo que significa la felicidad
desde el olvido.

Otro amor de ciudad grande

Vienes de la ciudad y su sed.
Las nubes de marzo
te exhibieron.

Junio fue el cuadro de Lord
Leighton de norte a sur
hasta el vacío

Más allá cada cuerpo. Siempre
puede uno ser o no ser
de acuerdo a olor, resurrección, azar.

En esa geografía la espesura
es fugaz. La pasión laberinto.
El desencuentro fácil presa.

Pero el empecinado hartazgo
deja en la garganta
solo huesos e infiernos.

Tardanza

No es la consagración de la nieve
la culpable. Repudiando
su desolación se define por el humo,
por el tiempo. Acróbata
junto al placer de lo perdido.

No es substancia ni delirio, esencia
o ausencia que ni hallazgos
ni broncas desconciertan. Ni
la velada utopía de un amor recién ciego
que se jura mil años de fulgor junto a la vela.

Es que la visión no es más que un ventanal
sumido en grises. Los copos
tienen la palabra y la razón. Ahora
atardece. La mano en la nieve de la página
se remonta al aire que la ignora.

El único prodigio es ese sacrificio.

El desorden natural de saber
coordina desconsuelos, descalabra
fenómenos. Queda curtida
la piel de la voz en la intemperie.
El placer en la cima.

Esperando que las maravillas resuciten.

Amoroso ajedrez

Aunque muchos piensen que las piezas
no existen, este caprichoso ajedrez
vuelve a sus lechos.

Vuelven las aperturas. Su imán
peligroso. El magín en que uno
es el peón iluso. Evade
cuanta trampa aparezca. Vence
contrincantes de peso en esa cima
en que todo se pierde.

Allí la esencia de la combinación
inolvidable. La inusitada escaramuza.
Los cuadros de una noche que no tenga
fin. Esquivar damas de humo
en tránsito al combate.

Como si fuese uno
entregándose a la contienda
al final del camino. Complicidad
de las capturas. Arrebato
cuerpo a cuerpo.

Todo feroz porque siempre es más sutil
el desengaño.

Cómo pasar la noche en Baton Rouge

El cielo parcialmente
nublado inicia su descenso.
Debe uno seguir la inscripción
del I-10. Acelerar el desvelo.

Una pareja. Se hace imprescindible
una pareja. Del piso 13 al más allá.
El delirio de las primeras sombras.
El drama.

Por ese piso 13 de leyenda
transmigra lo que tan incondicionalmente
se desea aunque uno erre el tiro
70 veces 7. Como diría
desde Chillán mi querido Gonzalo
si aterrizara en este abismo.

Tendrá uno que apoyar su sin razón
en un Fonseca Porto.
Con jambalaya y zumo de cangrejos
la cultura gastronómica
aroma el incienso que exuda
la piel cuando la miel
roza el clima de los vientres.

Solemnidad y jolgorio del cielo
si a media noche se trata
de salchichas tan conscientemente
concebidas. Sólo hacen falta
el resplandor del Fonseca,
los óleos, la levedad del sinfin.

El deseo: lo que haya paladeado
el destino.

Cómo sobrevivir en Baton Rouge

Perpetuarse aquí es dejar
aisladas las metáforas. Concierto
que desconcierta. La piel
a cierta altura sabe
a miel pero también a
fresa, etouffé, cofradía.

Perpetuarse aquí es arriesgarse.
La música transmigra. Sigue pura
la tiniebla en que no se sabe
nada. Sea la nada la verdad.
Vengan sus voces a destemplar acordes
que se ocultan o dispersan.

Perpetuarse aquí es copular
con la sombra siendo sombra.

Resbalar todo un río
para contemplar la tentación. Mas la magia
culmina. Queda la vorágine. Y uno
desconoce si el rehallazgo
aturde. Si el roce
causa gran locura.

Cómo despertar en Baton Rouge

En un más allá los tonos,
las delicias.

Acariciado el abismo,
habrá desprendimientos y conjuros.

La claridad que deje noche
sin fin. Las espesuras y naufragios
de aquéllos que alucinen sin desvanecerse.

Mucha levitación y alumbramiento. Liberación
de los tobillos para llegar al mar
en que dos son uno.
El olfato por la espeleología
de los glúteos. El paladar
desde el desbordamiento. Los oídos
de tempranos pájaros. El incendio
incorrupto en la resurrección.

Y la destemplanza,
dueña y señora del almíbar.

Arenga a la escritura

Levántate y anda fiel mezquina
no descuides tu sombra
las recurrencias que hipnotizan.
Que los iniciados no se enteren
de la impronunciable sílaba que hilas
si acaso altero tu origen.

Eres la superación del adiós
pasión que al regresar exige paraíso.
Destrencen mis palabras las trampas
que en la conmovedora cacería hayas tendido.
Que como unicornio en el bosque
no haya dado en el blanco de lo blanco
por olvidar el sagrado rasgo que me niegas.

Versión para mudez

Sigue enzumada y volátil
por el amor de las palabras que se fueron
por no ponderar los venusinos troncos
que la luna admite como suyos
con pico polémico y pausado
plúmbeo al fin en su conciencia.

Esa de la hambruna
del sudor colosal entre vínculo y glande
paramnésica ante la torrencialidad inoída
que como ola de agosto la imanta
hacia la la lengua que ha perdido.

Pudicia del estratégico "te quiero"
"I love you"
y otras recetas destinadas
a lo que aturde en el presuntuoso asilo
tintas matices desenlaces.
Le quedan los tapabocas del insatisfecho silencio
las maromas de las sílabas
elipsis innombrables que triunfan.

Ahora mismo es piel de escritura
aunque nada cuelgue de lo amado al amar
o morir.

Al final hoja y pesadilla
un loco amor o cárcel
al final hoja o imprudencia
borrador de fructífero trance.

Apetencia y cautiverio es lo que queda
laberinto de desnudeces y despojos
tempestades las palabras en sus lechos
indecible el buen amor
que merecían.

El gran olvido

Bach perico ripiao "Big Al" blues danzas Los Condes
bálsamo llamado río cuando suena
arrastrando las incertidumbres
que el amor ha lanzado.

Apetezco la naturaleza de la felicidad
la furia y pena del deseo
contar como un Bororo con sus astros.

Emplumadas serpientes las palabras
veneno impredecible
nómina de huesos despiertos
inquisiciones que devoran
páginas de aire
confundidas las luces las aves.

Abrazo aquello que se ausenta
cual monolítico y centrífugo rigor
debiera aparecer alguna sombra
de la palabra que cuenta.

Caen entre los dedos
fragmentos en trance
a cierto tiempo
y distancia del origen.

Ensaladillas
muertos revolcando sus altares
Chilam Balam como metáfora del *Génesis*
ñáñigos por el cielo de lo escrito.

Las almas alzan las antenas de sus cuerpos
como fogatas   como insomnios.
Premura es lo amado
acaso nunca incendie lo perdido.

Humilde el discurrir si no pretende
ser relámpago o mentira.

¿Caminar bajo el látigo de siempre?
¿Envidiar palmípedos a orillas del mar?

Más allá de las ventanas de los cuerpos
todo es un enclenque embudo
que poderosamente amamos u odiamos.

La palabra "poder" la gran quimera
del que describe su desvelo en la Ciudad de Dios
del libre albedrío de las jaulas
y lo sorprende el olvidado Euclides
recreando aquel cono de sombras que somos.

No vayan a creer que esto es trágico
que en sus tristes trópicos
se desviste o se inmola.

Queden equivocados los felices.
Asedian la escritura con mal
disimulada insuficiencia.
Rómpanse los picos arrogantes en las paredes
del aire más garcilasiano.
Muérdanse pulsos y quimeras.

Murmullo cuanto soy
socio-histórica culebra
abejón-relámpago no sé si entre las hojas
o si en el lecho el pecho desnudo
es homenaje o inercia.

Triunfa sin querer lo que tiene de mamífero
o totémico la noche
la maternidad de lo soleado otro cálculo
del vientre que tiembla porque así lo desea
pitagórica estrategia su quejido.

Lo escrito puede más que las hojas
la música de cuerpos en la arena
no ha de encontrarse
sin que el aire lo sepa
sin que la devastación permita hechizo.

La mirada que ahora demócrito al azar
atomiza la perfección desorientada
incansables las lecturas que olvidamos escribiéndolas
escribir el gran olvido.

La página como voluntad y como idea
el mar convertido en desnudez
el demasiado humano dujo
relegado a la superficie.

Ceiba invisible este espíritu
por el que devorado trazo signos.
El lumen de la felicidad parpadea
partícipe imperfecto
alrededor de unas sílabas.

Vuelve el parto deslenguado
soy de nuevo un principio   un impulso
un delinquir de petroglifos   un mientras tanto.

Estoy aquí con mis tinieblas
la que cuenta sigue allá
entre las suyas.

RAPTO CONTINUO/

POESÍA-TAROT

"He vivido una vida que no puede vivirse
Pero tú Poesía
no me has abandonado un solo instante..."

Vicente Huidobro

"Adivinar, más que descifrar,
incluir, injertar sentido,
aún si detrás del juego de sus jeroglíficos
el sentido es un exceso, una demasía..."

Severo Sarduy

Validez del insomnio

Si la vida fuera algo más que este
hechizo que nos duerme. Si
la pasión pasara
volando. Temblor o sombra. Remolino
o concierto. Sonido de enrojecido trance.
Página sitiada. ¿Quién
abriría su puerta? ¿Quién llegaría a su nada?
¿Quién el rebelde en su vacío?
Si la vida es gran despojo, ¿por qué
la seducción? ¿Las estrellas?
¿No es el placer indócil río?
¿Consagración la desnudez de los felices?

EL LOCO

Arrobo

Nada tan reptante como el humo, el incienso
de lo que puede ser. Anda
uno hermosuras, desconciertos. Cuánto
hincan el estrago, la estrategia del vértigo
y sobre las transparencias el placer.
Su volumen pólvora entre las vértebras
preciosas que, más allá
de la liviandad, parecen arquearse o auparse
hasta el abismo de los brazos en vela.
Allí comulgan los abrazos, las copas
de los palos colorados, iguacas
muertas de hambre y amor y
un solo encantamiento. Juramento
y conjuro.

Los que cuentan liman la eternidad
al encontrarse. Nada
entonces es falso. Palmo a palmo
los rugidos resucitan. Las voces
son bosques. El tacto del huracán
entre las sábanas. El hilo.

LA EMPERATRIZ

Como si fuera a despertar

Va subiendo la mañana pero en lo alto
penumbras, desconciertos.

Progresan las sequías en el manantial
llamado cuerpo. Pero el cuerpo
recuerda sus espumas. No le teme
al desgarrón ni a las cadenas.
Hay algo de virtud en sus despojos.

Algún perro sagaz, alguna
mano amiga adorarán su resistencia.
Cierra de nuevo los ojos. Hay lumbre
en las ingles. En las corvas
del destrenzado amor algún destello.

Todo tiene que subir
o bajar según la orilla.
De todos modos, en un simple abrir y cerrar
de ojos se le va la eternidad.
Y nadie, ni Dios mismo, altera la balanza.

JUSTICIA

Razón para que vuelvas

Morder la luz; acercarse
al mar para trazar una distancia.
No es soledad la ola ni la pisada
origen. El aire en su duda
lame pájaros. El viaje
de esta acumulación. Sílabas
de la intemperie. Nada menos
que colindar con lo callado. Encallados
los dedos en alguna muesca remota
que da vida. Huye
la inmediatez. Paladeado o palabreado
este aquí. Ahora el vértigo
al alcance, las rémoras y rocas
de la contemplación. Algas, pencas
bajando a la marea memoria. El rumor
de la orilla. Las espumas de tu cuerpo
en mi cuerpo perdidas. Innecesarios
el arpón, la armadura.

LA FUERZA

Equilibrios

La ciudad. Nuevamente el apetito
a ciudad, a incertidumbres
y suplicios. ¿Será trashielo,
umbral, dádiva o aroma esa flor
encallada en alta mar o alto
azar? ¿Será
lo que soñamos?

Felicidad es demasiado otro
y desde aquí reciclada
fórmula de pactos y asaltos a la deriva.

Debe ser el acorado éxtasis la trampa.
Las destrezas del desorden.
Esa visión del absurdo en que uno
es ceniza y es ciudad.

LA TEMPLANZA

Callada obsesión

Incompletez en el festín. Auroran
incandescencias en las ingles. Todo puede
convertirse en filamento o ternura, ocaso,
búcaro de orquídeas o cagajón
por un orgasmo coronado. Tú
prefieres la furia, un lecho
que responda a tus ascuas, cerezas
para llegar al huracán, papaya
para cuando la oquedad
desprenda sus cenizas. Todos
los labios descubiertos. Berros y ostras
en el júbilo. Llegar aquí es verse
condenado al fulgor. Los pensamientos
como hambruna. Entender al dedillo
la cerrazón de los cuerpos en vela.
El fragor.
El miedo del silencio a cada sílaba;
el miedo de cada sílaba al silencio.

EL DIABLO

Defensa de la consumación

La desnudez y el agua que la anuncia.
A los que aman su néctar de cenizas
en las noches no le hace falta
ser densos ni complejos ni oscuros.
Sólo medir esa pureza. Sólo abrir
esa puerta donde el ruido y el caudal
de los ojos se encuentran
con el mordible frenesí, con
los anzuelos de luz de un Atlántico
que sabe rozar tanta vorágine.
Buen entendedor de guaridas y manjares,
de furias y fugas.
Como tocar fondo; como llegar
a la médula de la razón pura
sin que la muerte sea emboscada.
Sólo peces. Chasquidos.
Y el descabellado almíbar del mar
sobre sus llamas.

LA ESTRELLA

Nunca la sumisión

Impecable la luz. El placer de la luz
entre olas, hojas, amapolas. De algo
ha de servir la primavera si amenaza el pasado.

Cultive usted la claridad, una
aparición dorada, alguna huída. Dedíquese
a sus huesos mientras dure el resplandor
de la contienda. Habrá pasión, manjar,
desvelo, hambruna.Caídas
en la oscuridad, mordeduras, rosas.

Aprenda a hablar con sus rosas. Poco
importa que el jardín esté perdido
o que las sílabas en la piel sospechen aire.

Anímese. Brille de una vez. Despierte
aunque no vaya a su lado ni su sombra.

EL SOL

Visión del arcángel

No hace falta la oscilación perfecta.
El aleteo desprovisto de bruma. La cópula
sin precipicios ni derrotas. Ni balanzas
ni flechazos sobre el corazón
de las discordias. Ni templos
ni temblor. Sólo enterrar la nada.
Enterrarla algún día
junto al remolino de equilibrios
de ese constelado cuerpo que te eclipsa.

EL MUNDO

Esto es amor

No sabemos qué decirle.
Cuentos de calleja no logran estremecer
sus laberintos. ¿Cómo convencerlo, de una vez,
que estamos solos, que somos
esos renglones de dicha tallados
sobre troncos impíos?

Abultamos la imaginación para salir del
paso, para entregarnos a la irreprochable
trampa con aire de genuinos adversarios.

A como dé lugar afinamos los instrumentos,
los hábitos de la alquimia. Solfeamos
y sondeamos el océano airado.
Bienvenidas las escamas.

Emulando anclas o buzos o peces nos lanzamos.
Apetitosas la exploración, las agallas.
Las imágenes prometen dulces fondos.

Permanecerán si acaso los aromas
del deleite en que nadamos. Sin duda
los troncos que evaden la dicha que se ansía.

VII/BASTOS

Seducción del olfato

Cayó el pulposo silencio al otro lado.
Posiblemente el mar olía a recién cortada
hierba: jardín de ruidos. Los pájaros
deslumbrados en las cumbres llevaban
en los picos las palabras que nos hacían falta.
Nos intercambiábamos la piel
desde ese vuelo. La sombra de la carne
soñaba con el fuego.
En las flores lo que queríamos decirnos.

El pronóstico era huir de la exaltación.
Blasfemia todo aquello. Sonambular.
Y en el fondo el hollín de la ciudad,
el perfumado enigma, la resipisencia
embistiendo sin tregua.

REINA/BASTOS

Mano poderosa

El placer junto al paisaje de la vela.
La vela es privilegio, desvelo. Vendaval
que sacude su cuerpo en los océanos
y surgen de la gran burbuja la imagen
del amor, las dulces llamas.

Chiaroscuro país: la vela alarga su piel
inaugurando territorios que faltaban.
Llega uno a la cima y aún las ascuas.
Marullos y temblor. Árboles
y anillos encendidos.

Impune el apetito de la mano
se abrasa. Y, ante el gran deseo,
la efímera virtud del lenguaje burla
su muerte en las hogueras
del milagro.

II/COPAS

Salvación al nombrarse

Caminar bajo la lluvia: desarticulada sopa
de sentidos. Verlo todo tan claro. Manantial no
del alba ni del alma. Manantial de viento.
Somos viento. Empedernida brisa.
Subterránea ráfaga.
Alisios los brazos, las copas de los árboles,
los insurgentes chorros de tiempo que apagan
y encienden. Restauración de mares en un lugar
parecido a estas grietas. O tal vez algunos tenemos
que callar. Eso es. Minusválidas sílabas
los cuerpos de esa lucidez. Debe ser la
imperfección de la humedad. En el justo más allá
de los espejos gran sequía.

¿Nos vendrá a salvar la imagen náufraga?

Aparición de oscuridades ese cielo. Se entierra
en las lenguas del poema. Esa otra voluntad
de espuma. Le rasura las melenas sordas
a esos dioses de mordaza.
Aquéllos que en nuestras geografías
han sido abismos.

Se salva de esa forma lo nombrado.

X/COPAS

Linaje del cautivo

Sálvese el que pueda de tu aguja enclenque,
de tu alcázar fingido. Nadie ponga
las manos sobre el telar
que hayas inventado. Es todo truco:
tapices que hipnotizan al que pasa.

Enmudeces para los demás, desconcertante
ídolo. Tejiendo sin cesar esas albéntolas
donde tu natura es desmesura.

Sigue tejiendo. Amor
es mucho más que hilo

II/ESPADAS

Irse a pique

Si la posibilidad de detener el tiempo
violentara las aladabas en que los labios
aprietan sus preguntas y es hostil la atmósfera.
Si los jardines que nunca seremos
y el delito delicioso intercambiaran sus estrellas
por estos latidos huérfanos que nos chupan
los abismos, que nos incendian las espumas.
Si los néctares de nuestros genitales
fueran siempre mares de rocío.
Si lo que quisiéramos marea bajara
cual escuadrón de roces por la flora
y la fauna del deleite.

Pero todo es caída, cascada, descenso.
Todo termina en el fondo: cópulas,
remordimientos, emboscadas, palabras.
El aire subterráneo. La cima otras sombras.

¿Y las aguas?
Lúcidas y temerarias remolinan.
Nuestro aturdimiento en ese vínculo
es destreza.

IX/ESPADAS

Una fruta salvaje

A veces se necesita una piel para embadurnarla
de arándanos. Se necesita el pegajoso bienestar
de una mermelada de arándanos. Fulgores. Mañanas
que entren por el paladar y nunca salgan.

A veces por la necesidad de esa fruta
las madrugadas se incendian. Las lenguas ensayan
quebradas por los cuerpos en vela. Se desayunan
casualidades y gemidos.
Se le permite a la dicha devorarlo todo.

¿Y nosotros? ¿Podríamos dormir los relámpagos
entre sábanas de hilo? ¿Lograríamos vivir sin
frutas, sin sangre, sin el calor de un hombro
o un muslo alguna vez? La empedernida hambruna
se resiste a creerlo.

¿Quién podría, en definidas cuentas, tolerar el
paso del tiempo si en su cueva más íntima,
diestros y discretos, se exiliaran arándanos?

II/OROS

Huracán

Van subiendo las aguas que quisieron ser ayer
y en el tronco tiniebla.
Alarido los huesos cuando solo puede llamársele
al aire aire. Nadie sabe si las aguas subirán
hasta la transparencia ni si la brisa
de la más callada noche ahuyente al fin los peces.
Todo lo inesperado sube a vértigo. Hasta las aguas
entienden que es diáfano el abismo. Se arrojan
como los cuerpos sobre los lechos y helechos
del hechizo a descifrar su furia.

De aguacero lo perdido. Van subiendo
las aguas y con ellas los brazos y abrazos
de lo que iba a ser. Van subiendo
el tiempo, las hojas, los pájaros que añoraron
el fulgor del mar y, sin embargo, la espuma
es lo que vuelve y se queda y destruye
las huellas que en la orilla fueron vínculos.

¿Y el obstinado ser en las corrientes?
¿Volverá a sentir su eternidad?

III/OROS

Ópera ardiente

The value and significance of flesh,
I can't unlearn ten minutes afterwards.

Robert Browning, *Fra Lippo Lippi*

BANQUETE

Llega la pareja de paso oblicuo
y profundo al cucharón
de la hermosura. Queda marcado
para siempre el paladar.

La vigilia de contemplarse en ese fuego
es apetito. Imán. Laberinto
cuando dos son uno.
Conmovedora salsa.

Los fulgores del olfato
piden mesa, manjar, ostras,
jauría. Allí el caldo es cautiverio.
Hay hambruna antigua. La respiración
se abandona a una arritmia.
Alberga perfección tanta burbuja.

Melaza de los cuerpos el desvelo:
en esa red hay otro dios
que el humo enjaula y nadie sabe
(ni quiere) salir de su candela.

ÓLEO AL MAR

Tus pantis reflejados en la bruma
del espejo en ruinas. ¡Cuánto
enigma! Tu risa allí en la extrema
unción, improvisando quimeras.
Tiempo para endulzar las redes.
Saborear las abundancias
del abismo en ese brillo zafio
ensortijado en la bruma. Noche
congueando sobre lo que era mío.
O quizás todo fue fuga y el mar
al amanecer como un incendio. Tú
cabalgando el hallazgo. Interesada
en la exageración tipo bolero
Gabriel Ruiz. Culpable, al fin,
por la impaciencia de las nalgas,
los pezones lamiendo el océano,
el deslumbrante clítoris cual punto
de fusión de los efluvios. Salitre,
rosas y champaña en la algazara.
Algas en la distancia. Y en el huracán
de las lenguas los oídos: precipicio
donde todo es obra de las olas.

ÓPERA ARDIENTE

En un recodo de la habitación Madame
Butterfly es un aria fulgurante
y húmeda.

El lecho, convertido en llanura
de temblores, aumenta en la consumación
su volumen, su batalla.

Se acarician los duelistas en su estreno.
Sobran las preguntas de rigor.
La música, piel sobre piel,
sube perversa.

Se exploran los tejidos de los labios. Se
auscultan la voluntad del embeleso.
Se escudriñan lo blanco de los ojos.

Vulva y glande gravitan por las zonas
en que nadie es de nadie.

Perderse de ese modo no es fácil
frenesí. La humedad es contundente.
Entre los pliegues de las sábanas de hilo
se hunden las rodillas del que se hunde
en la abundancia. Los pechos

de la consentida rozan las manos
que la embisten.

Todo es incendio y jauría. La luz,
por ejemplo, va trazando una estela
de gemidos. El sudor otra cima.
Ella es rosado anzuelo que redoma. Él,
pulposa vena en movimiento. Cada
caricia es vértigo, imperio, religión.

Váyanse al infierno temor,
confesión y laberinto.
Clávense en las axilas
dulces uñas.

Nadie interrumpa la gloria
del exquisito aroma,
ni quepa corrupción
en su suspiro más ardiente.

PARA EVITAR CALAMIDAD

Llega dormido al ventanal.

Ella sorbe los jugos.

Cuando apoya la cabeza en el abismo
él corre con los meñiques
a sus tímpanos.

Los senos, crótalos densos,
rozan rodillas, hebras del más allá.
Acantilado náufrago el dormido
por los labios que lo elevan.

No sabe por qué destino
prodigioso ha vuelto
a abrir la cremallera y desde ella
la consolación, el abandono.

Todo huye. Echa
a correr. Emprende
vuelo. Sublevado
elixir del derrumbe.

Duerme expulsando paraísos
como decir pájaros
sin que haya leído el jazz
de esta jauría o el de Morrison
junto al loro de un "Te quiero".

Pero la mudez medita en lo sublime.

Le hace falta esa muerte,
esa mina del asombro de amar,
ese correrse de la devoración al infinito.
Incluso la ceremonia de la sonrisa
al lecho impone camino
de perfección. Altas arterias, carne
de encariñada luz, el centro
de una flor de magnolia. Vulva
desbordada al labio, al índice.

Ni idea ni volición ni santuario.

Sólo sorber del gondoleo de los cuerpos
su almíbar siniestro.

VEUVE CLICQUOT

La irrefrenable imperfección de la pasión
cambió de rotación al mundo.

Abriste las piernas. Zumo
de ascuas cada nube al pasar.

La distribución de tu cuerpo y su ceguera
en su fiero interno meses
anteriores al kama sutra que quisimos
ser hasta el nudo
de los espejismos de la vida
no pudo ser trueque en su despojo.

Batallo ahora con la erección
al astro que parece voz
de Caruso en alto adagio.

Nadie justificará el apenas huracán
aljamiado de óleos, caderas y cervezas
como en laurel de escombros.

Esto es fácil. Poetas famosos
casi acechan. Ebrias rosas
envenenan. El error fue el desorden

de aquel éramos. Un invierno
en fuga de un "si yo pudiera".

Algo nos detuvo en la cocina de un poeta
mayor de la antología
cuando la madrugada refulgía vacíos
y la coca y la presencia del confín
sin perder la prolongación de la hermosura
que andamos buscando todavía
nos gondoleaba lo irrompible.

There's the rub. Tranquilo borrarse
de un año al otro al otro
como cadena que ningun@
rescata del prodigio
que debería ensimismarnos
hasta el retorcido escondrijo
de la cópula que ayuna desde
que no estás y no soy
y agua y humo y voluntad
locuran, se abrasan, se laceran
y una pizca del remolino en lo contiguo
se acerca gruta al sesgo
a aquéllo que de cuajo fue niebla.

Nos fuimos intranquilos.
Tantos menéalos de madre.
Tantos tal vez paraísos.

ELOGIO

Acantiladamente sorbe espumas
hasta el fondo. Prima voz, vez. Helechos
al garete. Torres todopoderosas también.

Risco, placer, tiniebla. La filosa
magia de la voluntad yéndose a pique.

No importa en qué forma ni
cómo ni dónde regresa al aroma
de los ojos en el tornado del encuentro.

Toda pausa se angustia en el polvorín
porvenir
y no obstante apenas cuándo cómo
la transgresión de lo perdido
regresa al hallazgo de sus ascuas
como el caballo ninfómano y celeste bañado
en el viento arde siempre y tal vez
y todavía y las olas adoran su estrategia,
su furia. Lengua del puede ser.
Cuerpo de la devoción por su mugidocandela.

Algo debe quedar.
La cabalgata. Las cabezas en su sube
y baja. El nunca más

con su voz de sirena arruinándolo todo.
Hasta el perfume del sudor de las ingles.

Llora uno entonces desiertos. Las nubes
camellos esfumados.
Vengan ahora el habano, el cañita, los óleos
de una inimitable identidad. Comezón
aunque todos ignoren la corriente. Luz
del más allá. Ictíneo orgasmo.

Perdidos los exploradores. Perdidas
las brújulas. Felices
las cenizas.

RODEO

A todo galope el vacío
hasta la hora en que tus dedos
tocan sur y no pierde uno
la vida porque el calor de tus brazos
resucita con algo de roce
y rosada penumbra ya innombrada.
No se alejan las aguas ni el sol
se ensaña contra la caducidad
de lo vivido. Todo hard drive celeron
vídeo memoria emite un más allá
anclado en su fondo como el lecho
de una reina wireless y delicioso caos
o adagio o hallazgo de un no sé qué
que desde su lengua hasta sus pies
permite los suspiros. Acaso
su cetro, devastado dolmen,
en la laguna burla hemiplejías
cuando la genitalia, lamedal encendido,
lame el polen-preludio del diluvio de amar.
Llega uno rueca o rugido
al paladar y todo manjar es temerario
en la rumiante cima. Tiranía.
La intemperie sueña bálsamos.
Las columnas dédalo hacia alberca
inmutable. Los tobillos
enlazado afán de ser alfanas.

CENANDO EN EL SUR

Si lograran nadar el ruido y el caudal
de los ojos en el éxtasis
salvarían del exilio estas sílabas.
Y una hendidura por los árboles
tornando en vegetación al aire,
bajo el mar feroz de cada abrazo,
hacia el mordible frenesí, trazaría
sobre esa otra página en blanco
llamada lecho, la metáfora
anhelada, el aperitivo inaudito.

El manjar de ese vínculo olería
a marlin, barbaresco y calamar.

Apetito de los labios esa miel
de la papaya, aquel arándano
en la cima.

HALLAZGO

El milagroso juego y tú en el centro.

Logro escuchar tu claridad. Oleajes
por el lecho. La oscuridad
de la pasión nos remenea cual órbita
y corriente, altar y certeza.
El enigma es casi semen y caída.
Reconozco, del milagroso juego y tú
en el centro, el fulgor y los bálsamos.
Manglar de la bahía. Allí las
corrientes. Peces contra el olvido.

VENCER LA PENUMBRA

Sean las tres de la tarde junto al anhelado
marlin o las diez en los marullos
de las bocas, indispensables las nubes.
Los peces sobre el plateado recorrido:
Descalabrado, Yaurel, Punta Guilarte,
Corazón. Nubes. Cómplices
un alcatraz que se traga las sombras,
la garza que al mirarnos nos invita
al "ójalá", una mariposa a punto
de irse a pique en la cerveza.
Pero en la dicha nos tragamos
el anzuelo, la sutil
geometría.

Ahora el viaje, íntima sínsora, embiste.
Cielo que tiembla; tierra
que truena. Refugios del estertor
las llamaradas. La costa un manjar,
una ceremonia de lomas risueñas.
Montañas boquiabiertas parecidas
a pechos y glúteos que se aman.
Y en las redes la vorágine.

Más allá la neuralgia de los árboles.
Podar fósiles y eclipses. Guardar
la eternidad que padecemos.

Terapia perpetua

No permitas que el lúcido momento se disuelva...

Adam Zagajewski

Alumbramiento

La dificultad es el poema. Ese permanente hilar y deshilar de sílabas busca paisaje o sesgo orgánico que reanime lo desconocido a nuestro lado. Es lo que punza esta vigilia. No hay tregua tan pronto husmeo el laberinto y la memoria puede durar lo que le toma a un halcón dispararse hacia el follaje incierto.

Si los lazos de un sonido a otro no se quiebran, puedo llegar a convertir la travesía en arqueología transparente de Nueva York al Caribe y de ahí al jardín o hacia el ningún lugar de la primavera que se acerca.

Mientras tanto, espero. Me acomodo a la gestación. Espero el rayo. Sueño ser fósil dentro de la sombra alimenticia. Allí romperé fuente. Asomará su cabeza una tribu indecible.

Asunto de vida o muerte

Sólo quiero del tiempo un cocodrilo.
Larga cola y quietud. Ojos
de hipopótamo sobre íntimo río.
Y el lector con su hocico en el agua.

Prueba de inmunidad

La tarde se declara nublada. Esta página se puebla de dudas, neblinas, laberintos. No sé pronosticar si cultiva luz o se eleva sombra. Su clima de aguacero extraviado lanza barranco abajo la soledad de cada sílaba. Presagio de orfandad los ruidos que favorezcan la vía láctea a la hermosura que duerme en el jardín como la cenicienta de una desesperación. ¿Sortearé ascuas en el devenir? ¿O seguiré immune al diluvio mientras dure el suspenso?

Glosa de identidad

Todo el misterio ancla en tu columna vertebral.
Inaugura conmovedora cacería.

Escribo sombras de luz. Tu cabellera
sea cadena de cada espuma y cálculo y colindancia
de extinción. Que de alguna forma
tendrás que parecerte a la raíz
que vaya a pactar con tus pezones.

Que en tu transgresión corrija el huracán
mi vocación de desmesura y al nadar
te eleves por la vela que llegó a la bruma
del espejo en ruinas.

Tafanario cuya singladura es mar
con su aupado escándalo por cielo.

Continuamos nadando

Triunfamos intocables toda la tarde aquella
nadando hacia un sur sin fin
casi lluvia en los hombros. Las tijeras
de los blindados cuerpos
destilaban gota altísima de trueno
por la cima de lo que intentaba ser.

Todos los ríos en ascuas. Todas
las naves abolidas. Nadando nuestro
sur sin fin. Paraíso sin freno los anfibios
ninfómanos de nuestra nómina de huesos.
Maremoto los labios. Amor
húmedo vuelo.

Velamen de descalabrado néctar y compás
de guayabas y papayas en la lengua
del mar al fin orilla
hacia un sur sin fin del paladar
que por un enjambre de angulas
continuamos nadando.

Playa del Condado con erizo

Más allá de la travesía o más acá del temblor
corroborar que los años naves
de insolación se desmadran en ese mar
en que ahora zambulles tu espinazo.

O después o tal vez el guiso
de senectud viaja por el galillo hasta la laguna
del estómago por intestinales
vericuetos hasta el pubis y de ahí
piernas y pies marchen al compás
de los tafanarios en flor.

Domingo debe ser para que el drenaje
clase media venga
a exhibir a esta orilla
los remos de su adocenada hermandad.

Culipandeada arena de náufragos.
Azorados por el simulacro de un erizo.

Tacita de combustión
(sin greca)

Te sentaste en el balcón para leerle
poemas a las brisas del atardecer.

Unas hormigas
se disputaban los susurros.

Pisaste algunas. Doce a lo sumo. Silogismo
de refutación o laberinto voraz
donde las hormigas al dispersarse triunfan.

Cual Pólux en boxeo imaginario con lo inmóvil
tus sílabas retan a las nubes.

Va a llover. Se oye a "Ruby" en la versión
Ray Charles y va a llover. La sensación
es silvestre. La tonalidad que van
tomando los mogotes erige ante el campo
visual lo que se podría desmentir
mas no hay tiempo para ello. Los pájaros
cambian sus acordes. Las brisas
ensayan otra transfixión
filarmónica. Bóveda de humedad
cada tarde en el cielo.

La vegetación de un sobresalto
el cafecito de las cinco   la inevitable
iluminación de la lluvia sobre el Chevy
verde que te quiero verde.

Ya nadie tendrá que decirte
you're in heaven. El sudor de estos años
no se ha evaporado del todo. *Take
a chance or a slow boat
to China in your mind.* Da igual.
No te enfades con la lluvia. Recuerda
que el mar te vio nacer.
Llega como tímido volcán
al primer salón de clases de tu vida.
Y allá en el fondo la casa canta
"It Don't Mean a Thing
(If It Ain't Got That Swing)"

¿Cuál es el valor
de la iluminación del sobresalto?

Tú quieres ser los fragmentos
que otras brisas navegan. Cámara
oscura los susurros
que se disputaban las hormigas.

No eres immune a lo que pasó a mejor (o peor)
vida. Guarda ahora las sílabas.
Échale anís a la combustión y ya verás.

Entrañable cárcel

Inconfesables sílabas han llegado a la casa. No han tocado la puerta. El reflejo de sus células se ha disfrazado de brisa al rozar las ventanas. Recorren la casa. Toman lo que he borrado. Comen lo que he abolido. Respiran el ardor que alguna vez viví tal dinastía de Ixión. Piensan como yo que el mundo es una selva de centauros, que más allá de malabarismos mediáticos hay que cambiarlo. Damos vueltas y vueltas por la casa sin saber cómo llegar a ese objetivo. Pasamos de tal forma inabarcables horas. La inquietud de las cortinas presagia que otras sílabas pronto invadirán el recorrido. Intentan descubrir si es alguien o nadie el que goza prisión al detenerlas.

Incómodo el veneno

Que suda cuando la madrugada
es gorda y ante cualquier
dictamen congrega manchas
en las almohadas de lo que fue
dicha. Se despejan nubes. El musgo
afirma que ella de él o él de ella
fue vínculo al revés. No le crean.
Cada cual mueve cielo y tierra y poesía
pensando que en la lírica incierta
logrará oír la sombra de su indiscreción.

No le crean.

From the Hot Afternoon (Paul Desmond)
solo círculos se han vuelto transparencia
en la copa del capá recién podado.

La pareja de carpinteros
taladra mañanatardenoche. Sin cesar
se hincha el interior de esa lejanía si
tu vedessi l'uomo si la donna mobile
fuese foso. Si del oído al roce al odio
oyeran la asamblea de mosquitos en el rincón
más sagrado o inservible de la agigantada
casa. Insurrección y refugio

del pubis al ombligo al intranquilo
romavali que vuelve
jerigonza ya sus lenguas.

Todo podría volver al paisaje de Bocelli
o al rastro de Caruso en la tángana
del derroche sentimiento. Y los rostros
de la odisea podrían ir más lejos. Mala
leche por la compulsión de dispararse
a contrapunto. Si tienen gallo
camagüey lo apuestan todo al gallina
o manilo que siempre excede el peso
de su versión definitiva. He allí las espuelas
entre ningún lugar y el adiós.
El veneno incómodo.
Los picotazos ensayados.

Privación

Lleva en las ingles la devoción a lo vedado. Vilipendia-
do alcázar contra quietud de más allá sin vislumbrar
contrapartida que quiebre quemazón por voluntad o
asombro de lo ungido. Calibra unos residuos para en-
diablar rehallazgo. Bisela la presencia del polvo al hilva-
nar humedad si en la geografía de su lengua no transita
corrupción. Cae blanco en el desorden de la cicatriz.
Otro orden, torbellino, contra-partida en la simul del
madrugador abrazo que hacia lo ungido de su devoción
vislumbra alcázar como si llevara en las ingles lengua
y rehallazgo. Quemazón de quietud. Voluntad vedada.

Arca de la desmesura

Lejos está lo que fue; y lo profundo
¿quién lo hallará?

Eclesiastés 7:24

HOJAS DEL INSOMNIO

1. Se ve convertido en paralaje lo que puedo obsequiarle al lector. Solo sirve de brújula querer hacer sombra con las palabras que pienso me corresponden. No es fácil ni efímero el encuentro. Soy un chata ante la velocidad y destreza que en ellas surgen del diluvio al susurro y de allí al monólogo del aire. Me toca esquivar las sílabas que en torno a mí vociferen discordia. Sobrevivir los insólitos asaltos de la espera.

2. Es un lienzo esta ansiedad de escribir y no poder hacerlo. Frágil lienzo. De perderme en la distracción o en la abstracción el giro que toma el espacio dentro de ese lienzo generará enardecidas sílabas. Sé que la ruta hacia las hojas del insomnio puede extraviarse en el diluvio y no tendré ni mapa Google ni compás para discernir quién soy. Por eso blasfemo asombro al dejarme llevar por las tentaciones del camino.

3. Cuando pienso poesía resplandece un diluvio. Las piedras comulgan por el camino con los aromas de su nombre. Insaciables relámpagos. Vuelvo a ponderar la tentación de entrar al arca de la desmesura. Si decido lanzarme entre ruina y laberinto al estallido cada ráfaga del vaivén de sus labios será descalabro. Hojas del insomnio sinfín mientras tiemble su orgía.

CADENZA

Acaso sea asombro bajo el cansancio del magnolio
en flor. La veo llegar. Es un atardecer 9 de abril.
Aniversario de la muerte de Eduarda. Es ella. Bri-
lla aún su plateada cola de caballo en esa sombra
mientras Mozart al piano llora lluvia.

La veo llegar. El jardín se mece al compás de su ori-
gen.

Su apalabrado aire supera notas tradiciones
desgastes.

AL MARGEN DEL REBAÑO

La naturaleza de escribir
sobre lo borrado
retoma inhóspitas rutas.

Tengo frente a mí el ejemplo.

Sentado en el fondo
de los márgenes siniestros
alguien parecido a Noé
rema hacia la nunca idéntica deidad.

Su prédica
endulza a la ovejera muchedumbre.

Se convierte en cuerda vocal que sangra
si lo encubierto o
lo inhibido se ensaña
con la obcecación de su deseo.

Vocifera que las reformas son fracasos
y las sectas esclavitudes inconclusas.

Yo sólo soslayo ejercicios que no surtan salvación.
Lidio con los sonidos que se enfermen.

60: EL CIELO ABIERTO

Con la espiral de ser llega a Rilke bajo una temeraria tarde oliendo a belleza terrible aún rumor entre las hojas. Analiza (de pie) el tablero por el que toma cauce su lengua a los sesenta.

Brinda una vez más por las lagunas y los éxtasis.

Se detiene en la sacrílega porfía de vivir a unas leguas de la dicha. La partida en vilo. Enterrado el más reciente 31 de diciembre con procesiones y cervezas.

La lealtad de amigos y enemigos un naufragio.

El aire favorece marea alta y transcurso. Hora para regresar al mar la yola de pescadores de su barrio natal. Las olas van remándole abrazos al maleable marisco de su cuerpo.

Edad que ahora aplauden.

Recobrada resurrección de ir entre galaxias a su auroral pabellón de nubes a la manera de Mi Fu
y que Dios decida lo que falte.

¿Le falta algo acaso a la feroz partida? ¿A los sesenta de táctica y temblor?

Sentado ante su arca analiza el resumen del sinfín.

Sólo aspira a una igualdad parecida al amor o la muerte.
El desenlace debe incluir vínculo que despabile a los que cifran fe en efímeras teorías.

Allí tiende su trampa.

Unas velas a media luz. Un corillo entre las hojas. Vino tinto en la mollera. Cada vida hilada al jaque hasta salir por la oblación al caos.

Movimiento decisivo el cielo abierto.

SELFIE INEFABLE

Nunca supe si mi ser fue rumbo incierto
soñando que lamía tus tobillos
cual tiernas papayas en almíbar

siempre insulso el convulso silencio

nunca supe cómo
se diluían en ácido las sílabas
que dejaba escritas para ti.

EL SILENCIO DE LAS NUBES

Aquí está en su arca-atardecer.

Lenguas y pulsos saltan
al óleo naif
de una ciudad de pirotecnias de repente nublada
con su cuatro de julio armado hasta los dientes.

Voluntariosa indigestión de sílabas
inunda el paisaje de lo escrito.

Parece mentira que desde enero
la tinta sonámbula sequía
no logre deshabitar la jaula
donde engorda el vacío.

Observa cómo la ciudad va decorada.
Metralletas francotiradores y sabuesos
contaminando el porvenir.

Aquí está en su arca-atardecer.

Solo fomenta desafío
el silencio de las nubes.

LENGUA EN VELA

Tornábase náufraga justo cuando el aire llegaba. Irrebatible en su brújula viajaba perdido porvenir. Sin embargo insiste. Roza caudal mas no se abre el cielo. No es tornado o tormenta. Ciclón ni terremoto. Temblor de fuego acaso gracias al siseo que surge de la cháchara de algún sursuncorda.

Tal vez sea ese superyó almizclado a la tángana de una noche de agosto. O tarambana y atlántica esa lengua oculta entre las hojas es una eternidad al son de espumas.

SIN ABANDONAR EL MAR

Se ha extraviado el poeta.

Un evento horizonte de palabras
neblina la trayectoria de su huída.

La brújula de su dominio
gira huracán categoría 5
más allá de unción   pasión   devota
musa hacia el paladar
del mar que ansioso espera.

El mar   el mar   el mar junto al desasosiego
de la mano que deletrea y se esfuma.

Se ha extraviado el poeta.

Una bandada de mirlos en la última
tarde de enero se lo lleva
entre trinos a otras ramas.

Quedan barullos de situaciones e imposibles.
La pléyade inventándose   sordos
un lugar en la tarima.

De la elegida insurrección
solo falta subvertir el extravío
sin abandonar el mar.

SELFIE DE LA BESTIA

¿Cómo pretender humanidad
si en la canícula locura
cada tarde su ausencia
es un pozo de luz
que no sabe decirme quién seré?

PANORAMA DE ESPUMOSOS RITMOS

La vida entre noria y noria tienta el devenir. Se refugia en nuestro dragón como si transmigrara su cruzada a remotas galaxias. Sínsoras del sacrificio cuando el diluvio es soñar con palabras perdidas.

Por momentos araña uno cima. Divisa el panorama de espumosos ritmos o llegan los pies a su nivel de relincho en el vacío. La desmesura imanta las glorias de su ruina.

Seguramente está allí la poesía fraguando el quimérico huracán. La embarcación que Dios dispuso.

Versión del que surgía

...Y cada parte del todo se desprende
Y no puede saber que supo, excepto
Aquí y allá, en fríos espacios
De memoria, en susurros a deshora.

John Ashbery, *"Autorretrato en espejo convexo"*

Maniera

Le acompaña pasión tediosa, salvaje.
Pasión no suya. No es de nadie. Nadie
la entiende. Serpentea anónima. Cada vena
urgencia. Pernio en el abismo.

Dificultad augura noches cuyo desdén
deleite. Así vive. Así copula
imperfección su decir apenas:
amparo en la intemperie.

Angustialegría ante paraíso
perverso. Cuando se sienta sólo puede
ser ostra u hostia.
Lo demás tarja deleznable.

"Si cierras los ojos", le culebrea en los oídos,
"te obsequiaré algunos salmos."
Su letrilla no se humilla.

No perecerá mientras hurgue y escriba.

Amén

Los gorriones caen húmedos sobre la hierba.
Cantan. En la casa amanece.
Se ha ido la luz pero ya vendrá
otra voz, otra deprecación.
Voluntad de imagen.

La vida presupone divergencia.
No especifica
los idiomas del discernimiento
ni los martillos de los albañiles
su reflexión creadora.

Al hablar de lo que se desmorona
no intentamos probar que
sea Buda o Mahoma o Dios. Mucho
menos el *cogito ergo sum* al infinito.

A veces pensamos que existimos.
En un lugar del coro hace falta nuestra voz.
¡Falso!
Nos ilusionan los aplausos.

Todo ese simulacro disforia y fósil.
Lechuza a punto de extinguirse.
Costa de su imaginación.
Oportuna intemperie.

Defensa

La belleza en un recodo
del paisaje.

El pájaro que ansía vuelo
suelta sombras. Nadie entiende
su lenguaje. Articule dichas
o carnadas. Toque de queda
el vaivén en que no sabe si volar
o podar lo siempre incierto, la noche
en que se ensimisman los murciélagos.

Los árboles parecen espasmos de la imaginación.

Todo es furtivo. Todo desentona. Una malla
humeante el aire. Los insectos
devorados por la luz cabizbajan su furia.

Amantes se ahogan a orillas de la mayor serenidad.

¿Dijo alguno pasióncambioherejía? ¿Fuego
en lenguaraz locura? ¿Quién lo quería
cuerdo en la desnudez? ¿Quién? Si llegó a sapo
y la mosca del placer templo acantilado tiempo,
¿fue fiel-feliz el beso efímero?
¿Entintado suplicio el desenlace?

¿Quién le inventaría fragancias
entre los escombros de sus plumas?

Díganme quién
y callaré.

Cuadro

La tarde es ovillo gris. La ciudad
en el espejo tropieza contra el hielo.
Llega la noche y viaja uno como puede.

Al otro día el aire ahuyenta nubes
como el gato a las ardillas del jardín.

Cazador cuyo infortunio emula al desvelado
ser que en la ventana cuenta ariscas
plumas por las ramas.

"La ráfaga que podríamos ser." Piensa
y se dispersan los residuos.
Alarmas. Avenidas. Incendio
que hace acto de presencia
en la opulencia de un Madison Avenue
12 de diciembre. Au Bon Pain, hipócrita y soleado.

Contempla el viaje como puede. Bosteza
su interior. Café éxtasis la caminata
transparente. El progreso
del ser en el ser mismo: estolidez
de ascensores y cubículos. La pasión
del desencanto. La oreja en el olvido.

La tarde se revuelca
en su alberca gris. La ciudad
tropieza contra el hielo del espejo.

Llega uno como puede a la noche:
ráfaga, gato, ardilla, rama,
jardín, éxtasis, bostezo.

Algazara el incendio,
la fuga.

Mangosta

¿Para qué vive el viento esta vez? ¿Para qué
el sol precipicio incomprendido?

¿Para quién proyecta equilibrios la incertidumbre?

Partículas de luz. Toman rumbo
las obsesiones de las hojas. Piel
de felicidad las ramas en lo alto.

Uno jerarquiza pensamiento
pero entre las rocas resucitan
palabras, bípedos y anfibios
que han muerto o mueren.

Orilla y transparencia. Ocaso y caos.

Cimarronaje de higuacas el vaivén
de sombras. El camino.
Antuvión de las lluvias.

Gorjeo en el ladrido humano que busca
manantial. El resto es rumor. Vibran
las ratas sobre el musgo
y uno, roído por la naturaleza

muerta de las horas, se hunde en la alberca
imprecisa de una tarde de julio.

¡Cuán discreto el disfraz!

Ahora sí. Uno ve imperfección y sequía
desde la paupérrima ceguera de yunque
tan alto. Parece mentira tanto aire

en los brazos. Tanta brisa en el vientre.
Tanta ráfaga en la molicie de los muslos.

Unción, contemplación, blanda
almádena de esperas. Uno pierde el turno,
el tino, el desvarío. Cuasi árbol

se desgaja uno hacia la cima. Sube uno.
Siente el aire. Retoza con el frío.

Asusta altura tan gárrulas
alas. Quiere uno
deletrear lo prohibido.

Tiene enemigos.

A cada rato se gana el desprecio
de los déspotas. Carné de paria
la subversión de su volumen.

Si lo encuentran mientras suben
no pierdan el tiempo en simulacros.

Conoce del amor cada silencio,
de la corrupción su algarabía.

Los científicos de Agricultura decoran
el bosque con su semblanza
de alma en pena.

No alimenten su enclenque
doctrina de sonidos. No hace
falta clemencia. Hace tiempo tiene cueva.

Cuidado al acercarse.

Le da rabia el olor de la mentira.

Forma de decir el milagro

Vertiginosa cicatriz como si llegar
a su cuerpo fuera abismo.
Como si al arañar los márgenes
de su fuerza imprecisa
descendiera escritura
por donde tiembla
su innombrable.

No piensen huellaincendioorgasmo.
Es otro el laberinto, el olvido. La memoria
canta en otras casas el júbilo de Reyes.
Aquí cantan en silencio las letras.

El aire el ventanal
de la diosa que escribe
cuando todo está desnudo. Nada
se antepone a su huracán.

Mendelsohniana su argucia. Capriccio
o fuga la cicatriz que
devora al Acis que la tenga
entre los brazos. Devoración
que Paganini, tras la huella
del lecho comensal, trenza
entre violines. Un Brunello
abre los labios.

Hartazgo incorrupto cuanto piensen.

Junio

Hace tiempo no escribe.
La grama del jardín sigue creciendo.

Tanto lastre en los tímpanos. Lloviznas
llegan cada tarde como si algo
tuviera que ocurrir.

Por ejemplo: la poda de árboles;
en el argel de los mogotes el vuelo
definitivo; auras de abrazos o fracasos;
fósiles de tinta y temblor.

Desesperada tierra
sobre tanta quietud. No silabea
el devenir. Se reduce
a silencio el paraíso.

La grama del jardín sigue creciendo.

Aniversario

-a CHRL-

Al anochecer los pájaros
congregan en los árboles del jardín
años ardientes.

Allí se enamoran. Se enojan.
El hechizo de una migración
de nubes convoca cánticos.

Lo que hay de oscuridad en
cada vuelo redefine la lluvia
de la Galatea que amo.

Su regreso una desmesura
de candelas en la niebla.

La cena en la hierba

Todo este comienzo de septiembre
tan soleado. Precipicio y sombra.

La devoción en ascuas
apresura el lecho. Trinos conmueven
la osadía. Algo de mar
entre los párpados. Anclaje
para que el tiempo no
pueda contemplar la corrupción.

Son días perfectos. Los museos de miedo
se atrincheran en la imaginada oscuridad.

La naturaleza perfecciona lo descalabrado
humano. Escala dulce abismo. Devora
labios al pensarlos. El poema comulga
tentación entre las trizas.

Su tímpano y el tuyo
trinan cauces en los tejidos del jardín.

Podrían morise con días tan bellos
como telón de fondo.
El llamado del marisco es más urgente.

Abejas ante el misticismo de unas migas. Moscas,
mariposas, ardillas vírgenes salvadas
por la sapiencia del peral. Cándalos
que caerán. ¿Cuándo? ¿Cómo?

¿Dónde el sudor si Uds.
comulgan tentación entre las trizas?

¿Si la cordura del adiós es más
estable que la luz del encuentro?

Versión del que surgía

Noviembre entre las hojas.

Acaso tiembla o purifica sus chacras.

Mi indecisión me saca de quicio.
Quiero. Pero no. No se trata
de un noviembre lánguido con pavos
sacrificados a granel. Hay otro
candado. Otro pronóstico para la trepanación.

No se alarmen. No es casual este anzuelo
en el poema. La vida misma abre
mares de mentira y simulo pez ingenuo
frente a demarcación inaccesible.

Ola expiatoria se revuelca en el centro
del pecho. Más allá seres queridos.
Guayabas en el patio. Flora de fósiles
el cielo. Promesa de un más
que en el acá se autofulmina.

Ejercicio de traslación impune, algo
tendrá que impugnar cruz
o cueva. Atrincherada hiancia.

Noviembre cesa. Hojas y chacras
besan hierba, combustión, ruina.

La versión del que surgía.

Boceto: infancia

Debe ser aroma la contienda,
la condición de simetría en el Hotel
Hodelpa Caribe Colonial todo azul.

Allí desayuna. Transcribe
el simulacro. Desmesura
de un caracolillo en la mañana.

Especulación y medalla de la madre
u oblación vecina al caos contemplar
a Isabel la Católica por el zaguán de caderas
y carencias que al párpado es humo.

Libro del camino sin la virtud
que amarra los dos o tres
colores de la infancia. El sol en otra
mesa. Lozana incontinencia
de sílabas al mar; las tímidas candelas.

Tanto incendio al atardecer ladraba origen.
Cuánto análisis para fijar un
lugar paradigmático de comunicación
visual. Acaso *pin-up*, Vamp, Vargas
girl pero la belleza no es manida cópula
de efectos. Divertimento voluptuoso pero
apócrifo. Mejor la líneaheridacacería.

El cuadro que puede ser si el aire
y el mirar al descender coinciden
con el trazo de la ardiente medida deseada.

Infancia veloz de aquel recinto.
Cautivo tocó por vez primera
la verdad y hubo arpeggio
a lo largo de la decantación.

Ahora vuelve a la bisabuela del tricorde
arco, a la abuela del "Padre
Nuestro que estás..." en otra diáspora
de contaminaciones a granel, de una madre
muerta a destiempo. Amedallada prófuga.
La locura del amor la hizo
zarpar y naufragar al mismo tempo
insostenuto en que le abría la pluma
densa de su luz más secreta
a un Pedro Penumbra Porvenir.

Por diapasón de gota derramada
llegó éste que ven en el Hodelpa
ojeroso, huérfano, zaguán
que la infancia extasía.

Cosa seria esta alberca
de pura nada en que tiemblan
tantos cielos compartidos.

Como niño desnudo y zahorí.
Zumo caníbal cada ojo.
Devana los hilos del camino como tú.

———— 2023 ————

El jardinero efímero

*A la intemperie
se va filtrando el viento
hasta mi alma.*

Matsuo Basho

PREÁMBULO

Ruego siga haciéndose largo el camino:
no encuentro aún la metáfora
que sepa describir lo que te escribo.

Marte en el cielo
y camina mi espíritu
sobre las brasas.

Zurce el paisaje
 con el brillo de halcones
su indócil magia.

Conquista el múcaro
al volar por graneros
la oscuridad.

Si observas nubes
sabrás que compadecen
nuestra ceguera.

La luna sueña
 vivir con martinetes
entre los mangles.

Bajo las lluvias
al huracán hurtadas
vuelve el deseo

El viejo roble
con perlas amanece
soñando invierno.

En el invierno
 son livianos lo árboles
que te encaminan.

Belleza efímera
las flores del jardín
cuando regresan.

Marte en el cielo
 y mi alma una vez más
sopla las ascuas.

Flores y su almíbar
 consagración tan íntima
por tu presencia.

Abro mis chakras
y en la hoja el saltamontes
vuelve a su rezo.

Trazo un camino
y en el azul la araña
hila mi sombra.

Cada silencio
es flor de soledad
fuente hipertélica.

Los cucubanos
 flotando entre las flores
parecen ascuas.

El embeleso
pensar que con lo escrito
supero el fin.

En la arboleda
las alas del zorzal
miden relámpagos.

Vuelve tu anzuelo
pasa noches en vela
mi corazón.

Cual vuelo de aves
 vivo con fe el enigma
de lo inefable.

Son los recuerdos
quienes miran las ramas
hartas de ausencia.

Junto a la ciénaga
garzas blancas escuchan
 mi corazón.

Días hipnóticos
 caminando en la lluvia
con tu temblor.

Caída hermosa
el pico del pelícano
sobre las olas.

Caracolero
se babeliza el mundo
y tú en la playa.

Una eternidad
en cada sombra

"Son los silencios donde se ve
en cada sombra humana que se aleja
alguna perturbadora deidad."

Eugenio Montale

"Y no hay día
en que alguien no pierda su eternidad."

Wislawa Szymborska

CÁNTICO

En el jardín una eternidad en cada sombra.

Buscas allí la grieta que perturba y conjura
mientras los pájaros
dedican el día al rastreo de lombrices.

Descubres que no hay nada en la poesía
que por sí solo deslumbre.

La lumbre de una herida antigua
raya el cielo. Se atolondran las esquirlas.
Nubes del color del asfalto
amenazan tu hallazgo.

Sobre la hierba húmeda
reaparecen sin prisa unas lombrices.

Trazan allí la grieta
que conjura eternidad en cada sombra.

QUIERO SER NOÉ

En el trance entre crisálida y zumbido
traza el paisaje un camino hacia la develación.

Su fluir perpetuo es el poema.
Contemplo el cielo y quiero ser Noé
al desnudo y sin arca.

Pretendo navegar del cerebro sideral
al blanco acoso.

Aquel resplandor en vuelo
que cruza el puente de la develación.

Allí fluye un diluvio.
Soy su crisálida y zumbido.

ORACIÓN DEL OGRO

Ante el espejo de unos robles en invierno
sea nódulo mi alma entre las ramas.

Traspié en que rendido yazgo
como devorada carne en ti difuso.

Debo regurgitar los sueños
que la fauna haya sembrado en el camino.

Regresar al espejo de unos robles
con mi alma vertida a nódulo en tu invierno.

Y la blanda labia venza
al monstruo que vive en mí las despedidas.

TU CUERPO CUANDO PASAS

Yuxtapuesta la rabia de las olas con el indeciso atardecer
estudio cada grano de arena.

Mi comportamiento se asemeja al de un piquero de patas azules.

Ensimismado bailo en la marea que deja tu cuerpo cuando pasas.

QUIERO PARA MI ETERNIDAD

(creo en ello)

el insomnio que abanican los pájaros al soñar soberanía sobre las ramas del abismo. El temerario vahído húmedo de mi pico en tu sombra. Ese fulgor efímero de poder tocar al fin tu fin.

Con ese matiz de fuga en lo infranqueable seré una maleza de nubes junto al cielo.

AMOR DEL DROMEDARIO

Intenta encandilar con su aroma a desierto
el amor del dromedario.

Lucha en vida por convencer a los incrédulos
que un oasis de ínsula ilusoria será su porvenir.

Regala sedientos espejismos a quien le escuche
aunque vaya ciego por la indomable arena
buscando un corazón donde poder abrir los ojos.

COMO A GRETA GARBO

Ser amado orienta la brújula al colapso donde se cuece el adiós.

Allí se prolonga el preludio. Tibias curvas de tentación asoman
pechos y ráfagas en la aguerrida geografía.

Quedan al descubierto las agallas del naufragio. Peces
que sueñan con el abrazo de un árbol en la nieve.

Se convierte en tempestad San Valentín el paso del tiempo.
Emboscada de besos y temerario adiós.

Brújula que orienta los orgasmos al colapso
como a Greta Garbo la sortija de Camille.

SI FUERA TURPIAL

negro-anaranjado sobre el lecho en que rumia la vocación de tu deseo te regalaría las vetas blancas de mis alas con el fin de observar tu más allá o desde el eucalipto en flor que araña cada noche la ventana improvisaría gorjeos de sonata intuitiva tipo Mozart.

Peregrinaría por toda tu sombra.

El pico hacia la prometida eternidad.

SOBRE LA CUERDA FLOJA

No habrá protagonismo en nuestro encuentro con la nada.

Esa muerte hermana de la duda y del ardor.

La lluvia volverá a resucitar travesías
por la piel. Querrá apresurar su inviolable
doxa en otros cuerpos.

Será la orilla de ese océano la píldora
que acelere los latidos
mientras sigamos amando lo efímero
y los pájaros revuelquen la tierra
o disipen orgías.

Seremos lo que llegue al encuentro del espejo con la nada.

Inusitado orgasmo
que vuela al paladar
cuando las pupilas agrandan sus albercas.

El eco que inventemos probará ser más fuerte entre las piernas.
Ese enjambre de mareas lo sabe.

Habrá erosión sobre la cuerda floja. Fluir de la memoria
si mira uno hacia abajo entre duda y ardor.

Condensación de oscura cópula imperfecta
que la muerte disfraza de paisaje.

JARDINERO EFÍMERO

Cuando a los árboles de este fugitivo edén les regalo
una podadora inalámbrica estos proceden con astucia
a tatuar rasguños en mis brazos.

Escriben allí obras destinadas a borrarse. El suplicio del día
favorece enjambre de jeroglíficos airados. Paso horas entre
los escombros mientras la memoria atrinchera zumbidos.

Se condensa mi voluntad de jardinero efímero.
Contagiado por las ramas del desorden.

TORMENTAS DE ARENA DESDE EL SUEÑO

Como un dromedario me protejo los ojos. La sequía de no verte es galaxia en explosión.

La distancia favorable al embeleso aumenta el lente de cómo urge definirte. Y aunque miles de años luz probaran ser eterna sombra no cambiaría de orientación el brillo sonoro de tu cuerpo.

 Tus ojos punzan al Ícaro que busca alojo
en mis párpados.

Ciego voy hacia ti. Dromedario entre el espacio-tiempo de tu espalda
y la curvatura de la luz.

Sirvan de consuelo las tormentas de arena desde el sueño.

NO PERDER ESE HILO

Si dentro del peregrinaje hacia lo eterno bastara una hoja para nombrar los mogotes que ahora admiro levitaría contigo un indócil edén.

Volaría pico en ascuas sobre los húmedos pliegues de tu hoguera. Atizaría el rumor de la maleza por donde se supone la hermosura sea cruzada.

Todo por no perder ese hilo que se va esfumando mientras pasas.

LA DESPEDIDA

Nos aferramos a ese lecho imposible
donde los muslos fluyen como los árboles.
Lucen su aroma y el cántico de lombrices
sobre la hierba abre una grieta.

La muerte se vuelve más liviana que una rosa. La muerte
cual hedor de luz en perpetuo desvelo. Uno quiere celda
dentro de efímeras cavernas de dicha. Tiembla el cielo.
La sombra de Platón resucita de pronto en las paredes.

Podría parecer aterradora la intemperie en que soñamos muslos.
Mas las manos se aferran a ese lecho imposible
donde fluyen los árboles. Somos ramas de luz sobre la hierba.
Aromamos de eternidad la despedida.

ÍNDICE

VERSIÓN DEL QUE SURGÍA (2020)

EL JARDINERO EFÍMERO (2023)

UNA ETERNIDAD EN CADA SOMBRA (2024)

Gala de Poesía

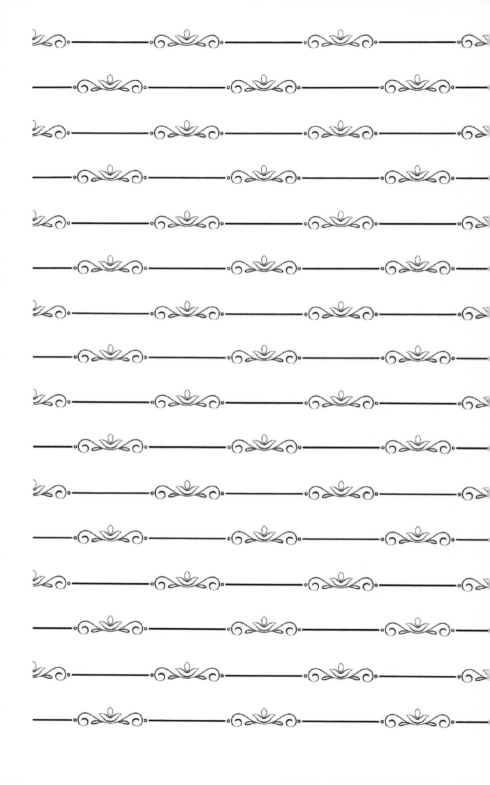

Made in the USA
Middletown, DE
12 August 2024

58570823R00144